1話10分

裏切文庫

一般社団法人
日本児童文芸家協会 編

新星出版社

ここは、とある町のはずれにある
ちょっと不思議《ふしぎ》な古本屋《ふるほんや》。
あなたが読みたいと思う本が、
きっと見つかります——。

もくじ

「裏切《うらぎ》るなんてひどいよ！」

顔を真《ま》っ赤《か》にしてそう言うと、リュウヘイは大きな足音をたてて店を出ていった。マヤさんは水晶玉《すいしょうだま》を前に肩《かた》をすくめるしかなかった。

ここは商店街《しょうてんがい》の脇道《わきみち》にある夢幻堂書房《むげんどうしょぼう》。古本も新刊《しんかん》も売っていて、占《うらな》い師《し》でもあるマヤさんは、週に一度《いちど》、水曜日に店番のアルバイトをしている。

先週のこと。顔なじみで中学生のリュウヘイが、ゲームの攻略本《こうりゃくぼん》を五冊《ごさつ》もレジに持《も》ってきて、マヤさんに言ったのだ。

「これ、全部《ぜんぶ》買うから、お願《ねが》いがあるんですけど」

「えっ、なにか大切なことでも占《うらな》ってほしいの？」

マヤさんは店番に加《くわ》えて、本を買ったお客《きゃく》に水晶玉《すいしょうだま》で占《うらな》うサービスもおこなっていた。

「いや、悪《わる》いけど占《うらな》いはあんま信《しん》じてなくて。だけど、来週、おれ、好《す》きな女の子を連《つ》れてくるんで。その子に、今日《きょう》は回り道して帰るといいことがあるって、占《うらな》いのふりをして言ってほしいんです」

ウ～ンと、マヤさんは答えあぐねて腕組《うでぐ》みをした。すると、リュウヘイが続《つづ》ける。

「その日が誕生日《たんじょうび》だから、そこの夕陽丘《ゆうひがおか》公園に誘《さそ》って、プレゼントを渡《わた》して告《こく》りたくて」

「それなら、占《うらな》いなんて利用《りよう》しないで、ストレートに公園に誘《さそ》えばいいじゃない」

マヤさんの言葉《ことば》に、リュウヘイが目をふせる。

「お、おれ、その子を前にすると、好《す》きすぎて、口ごもっちゃってダメなんです」

「そっかー、きっかけがいるってことね」

リュウヘイのひたむきさに、ちょっと心打《う》たれたマヤさんはうなずいた。

「わかった、協力《きょうりょく》してあげる」

それから一週間後、リュウヘイがその女の子と一緒《いっしょ》に店にやってきた。

「ほんとなの？　どこも売り切れのコミック版《ばん》『クーガの瞳《ひとみ》』の三巻《さんかん》、ここにあるって」

リュウヘイが「ほら」と本棚《ほんだな》からその本を取《と》り出す。

そうか、本で釣《つ》ってここへ連《つ》れてきたのかと、マヤさんはレジから二人のやり取《と》りをほほえましく思って見つめる。

「これと、新刊《しんかん》の『裏切文庫《うらぎりぶんこ》』、ください」

その子から本を受《う》けとると、マヤさんは水晶玉《すいしょうだま》を指《ゆび》さす。

「よかったらサービスで運勢《うんせい》を占《うらな》ってあげる。下の名前は？」

「モエです。えっ、占《うらな》いってはじめて。なんかドキドキしちゃう」

マヤさんは、モエに水晶玉《すいしょうだま》に手をかざすように促《うなが》す。そのとたん、叫《さけ》んでいた。

「あっ、ダメ！　今日《きょう》はとにかくまっすぐ帰らなくちゃ。受難《じゅなん》のしるしが出てるから」

「ええっ！」

モエはあわてて本代《ほんだい》を払《はら》うと、リュウヘイを置《お》き去《ざ》りにして店を飛《と》び出していった。

こうして、リュウヘイは、マヤさんの話も聞かずに、はじまりの言葉《ことば》を投《な》げつけて去《さ》っていってしまったのだ。


その夜。リュウヘイは、ネットニュースで、夕陽丘《ゆうひがおか》公園の遊歩道《ゆうほどう》が、夕方、十メートルに渡《わた》って崩《くず》れ落《お》ちたことを知るのだった。

悪魔の取引

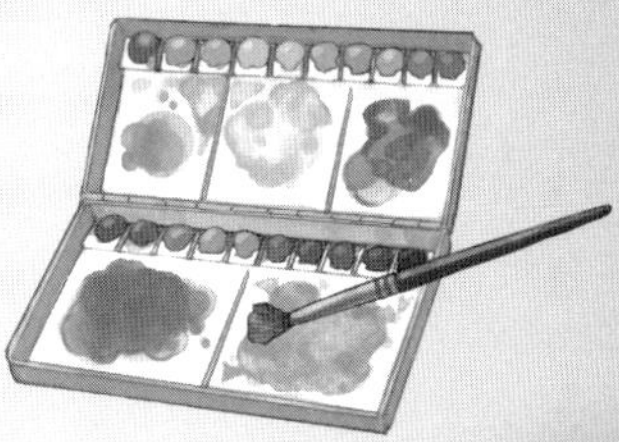

伊藤クミコ

「ああ〜もうっ、ムギのやつ〜！」

シャッターだらけのさびれた商店街《しょうてんがい》にある、ゲームセンターの一角。

花岡蘭《はなおからん》は、店内に響《ひび》き渡《わた》るような声でぐちった。

「せっかくあたしが悪魔《あくま》と取引《とりひき》までしたってのにさぁ〜！」

「おい……でっかい声で『悪魔《あくま》』とか言うなよ」

カウンターの椅子《いす》に腰《こし》かけた男が蘭《らん》をたしなめる。

「はっ、ほかの客《きゃく》なんていつ来てもいないじゃん。てか、この店、本気で営業《えいぎょう》する気あんの？　時代遅《じだいおく》れの古いゲームばっかだし」

蘭《らん》は店内のゲーム機《き》を指《ゆび》さした。どれも年季《ねんき》の入った物《もの》ばかりで、最新機種《さいしんきしゅ》なんてのは一台もない。そのうえ、半分くらいは『故障中《こしょうちゅう》』と書かれた紙が貼《は》られている。

「こういう古いのがいいっていう、もの好《ず》きな客《きゃく》もいるんだよ」

「あっそ。ま、誰《だれ》か来たら黙《だま》るけどさ、万が一、聞こえちゃったとしてもよくない？　まさかあんたが本当に本物《ほんもの》の悪魔《あくま》だなんて、誰《だれ》も信《しん》じないって」

蘭《らん》が口をとがらせると、男……悪魔《あくま》は苦笑《くしょう》した。

そう、この男、じつは正真正銘《しょうしんしょうめい》『本物《ほんもの》の』悪魔《あくま》である。

なんでも大昔《おおむかし》に召喚《しょうかん》され、かれこれ五百年以上人間界《いじょうにんげんかい》をうろうろしているらしい。数年前気まぐれに日本にやって来て、この町で出会った、百に手が届《とど》きそうな老人《ろうじん》の「若《わか》返《がえ》りたい」という願《ねが》いの代償《だいしょう》としてこの店をゆずり受《う》けた。

それからというもの、悪魔《あくま》はこの店を住《す》みかとして、ひっそりと暮《く》らしている。

……といううわさが、いつしか蘭《らん》の通う中学校に流《なが》れてきた。それを聞きつけた蘭《らん》は、先日、このゲームセンターへとやって来たのだ。

事故《じこ》にあい、利《き》き腕《うで》をケガしてしまった絵描《えか》き志望《しぼう》の友人を救《すく》うために――。

「言うねえ？　自分はうわさを信《しん》じてここに来たってのに？」

「最初《さいしょ》は信《しん》じてなかったよ。見た目はただの――、イケメン？　だし」

「ははっ、俺《おれ》イケメンか？」

悪魔《あくま》は声をあげて笑《わら》い、小首をかしげた。

「それにしても……おまえは、こわくないのか？」

「こわい？　なにが？」

「だって俺《おれ》、本物《ほんもの》の悪魔《あくま》なわけじゃん」

「うん。そうだね」

「そうだね、って。ふつうの人間は、願《ねが》いが叶《かな》うやいなや、『ほ、本物《ほんもの》だったんだ！』とこわがって、二度《にど》と近《ちか》づいてこなくなるもんなんだよ」

「へー、薄情《はくじょう》なやつが多いんだね」

蘭《らん》はそう言いながら立ち上がると、古びた自販機《じはんき》にコインを入れた。

「あたしはこわいどころか、むしろうれしかったな。だって、ここに来る前に、神《かみ》サマにも仏《ほとけ》サマにも散々《さんざん》願《ねが》ったんだ。でも、どうにもならなかったからさ。悪魔《あくま》のほうがよっぽど信用《しんよう》できるんだって思った。ちゃんと約束《やくそく》、守《まも》ってくれるんだーって」

缶《かん》コーラのプルタブを開《あ》けながら言う蘭《らん》の言葉《ことば》に、悪魔《あくま》は目を見開《みひら》いた。

「……へえ？」

故障中

「それにくらべて、ムギのやつはさー！」

くやしそうに言いながら、蘭《らん》は、ぐーっとコーラをあおる。

「おいおい、コーラを酒《さけ》みたいにあおるなよ。そういや、おまえとそのムギ？ってのは、長いつき合いなのか？」

「え？　そうでもないよ。ムギと話すようになったのは、小学校の修学旅行《しゅうがくりょこう》のときだったから、せいぜい数か月くらいかな」

「なんだ、そんなもんなのか」

「そうだよ、そんなもん。おたがいなんていうか……クラスであぶれ者《もの》だったからね。なりゆきで二人組になったんだけど、あたしとムギって性格《せいかく》も好《す》きなものもぜんぜんちがうからさ、最終日《さいしゅうび》の夜におたがいの夢《ゆめ》の話をして打《う》ち解《と》けるまでは、ずっとあたしがひとりでしゃべってる感《かん》じだったし」

「ふーん。そんな関係《かんけい》で、よくそいつのために自分の夢《ゆめ》をあきらめられたもんだ」

悪魔《あくま》の言葉《ことば》に、蘭《らん》は顔をしかめる。

じつは蘭《らん》には、つい最近《さいきん》まで『陸上選手《りくじょうせんしゅ》になる』という夢《ゆめ》があった。走ることがなによりも好《す》きで、かつ負《ま》けず嫌《ぎら》いな蘭《らん》は、小学校時代《じだい》から県《けん》の大会で優勝《ゆうしょう》するほどの実力者《じつりょくしゃ》でもあった。しかし、ムギの腕《うで》を治《なお》してもらう代償《だいしょう》として、悪魔《あくま》は蘭《らん》に『陸上《りくじょう》をやめる』ことを求《もと》めた。ちなみに、代償《だいしょう》である約束《やくそく》を破《やぶ》った人間は、魂《たましい》を抜《ぬ》かれて死《し》ぬ。そして、その魂《たましい》は二度《にど》と生まれ変《か》わることもなく、永久《えいきゅう》に悪魔《あくま》のしもべとなるのだ。

「……しょうがないでしょ。だってムギがケガしたのは、あたしのせいなんだもん」

「へえ、そうなのか？」

「うん。部活帰《ぶかつがえ》りに、いきなり歩道に車がつっこんできて……、でもあたし、疲《つか》れ切ってたから、直前まで気がつかなくて。そしたらムギが、あたしをつき飛《と》ばして……」

「代《か》わりに、車《くるま》にはねられた、と」

蘭《らん》は、両手《りょうて》でぎゅっとコーラの缶《かん》をにぎりしめた。

そのまま黙《だま》ってしまった蘭《らん》に、悪魔《あくま》がやさしくたずねる。

「だけどそれ、べつにおまえがたのんだわけじゃないだろ？」

「そうだけど！　ムギ、将来《しょうらい》画家になるのが夢《ゆめ》なのに、利《き》き腕《うで》を大ケガしちゃって、もう前みたいに絵が描《か》けないかも……なんて聞いちゃったらさぁっ」

「さすがに、気にはなるか」

「そうだよ、気になるよっ。それにムギのやつ、それを悲《かな》しむどころか『わたしの腕《うで》なんかより、蘭《らん》ちゃんの命《いのち》が無事《ぶじ》でよかった』って言うんだもん！」

悪魔《あくま》はそこで、くつくつと笑《わら》った。

「そりゃ災難《さいなん》だったなぁ。そいつが恨《うら》み言《ごと》のひとつでも言ってくれてりゃ、おまえも悪《あく》魔《ま》と取引《とりひき》なんかしようと思わなかっただろうにな」

「それは……そうかもね……あーっ！」

蘭《らん》はうなり声をあげると、コーラの缶《かん》をゴミ箱《ばこ》に投《な》げつけた。

ゴミ箱《ばこ》の角に当たって床《ゆか》に転《ころ》がったそれを、悪魔《あくま》が拾《ひろ》い上げる。

「とにかくもう腕《うで》は治《なお》ったんだから、前みたいに絵を描《か》けばいいのに！」

「しっかし、そいつはなんでまた絵を描《か》こうとしないんだろうな？」

つぶやくような悪魔《あくま》の問《と》いに、蘭《らん》は目をキッと見開《みひら》いた。

「そ、れ、が、さあ！　『なんだか急《きゅう》に描《か》く気がなくなった』って言うんだよ！」

「ええ？　なんだそれ？」

「そうでしょ、なんだそれでしょ！　ていうかさ、あたしたち、修学旅行《しゅうがくりょこう》の最後《さいご》の夜に『おたがいなにがあっても、絶対夢《ぜったいゆめ》を叶《かな》えようね』って約束《やくそく》してたのにだよ⁉」

「ふうん。でもその約束《やくそく》、おまえも守《まも》れないよな？」

茶化《ちゃか》すように言われて、蘭《らん》はあんぐり口を開《ひら》いた。

「あ、あんたがそれを言う⁉　ムギには頃合《ころあ》いを見て、『夢《ゆめ》が変《か》わった』って言うつもりだし、言ったからにはその夢《ゆめ》をなにがなんでも叶《かな》えるつもりだからいいの！　てか、だからこそムギにはちゃんと夢《ゆめ》を叶《かな》えてほしかったのに！　なんでなの⁉　もう、ムギにはがっかりだよ！　ハッキリ言って見損《みそこ》なった！」

わめくようになげく蘭《らん》の横《よこ》で、悪魔《あくま》は、そっとコーラの缶《かん》をゴミ箱《ばこ》に入れた。

「そんなに後悔《こうかい》してんなら、リセットしてやろうか？」

「は……？　それ、どういう意味《いみ》……？」

蘭《らん》は、ゆっくりとまばたいた。

「おまえの願《ねが》いを、なかったことにしてやろうかって言ってんだ」

そう言いながら、悪魔《あくま》は口元に笑《え》みをうかべる。

「いつもなら絶対《ぜったい》にこんなことしてやらないんだけどな。おまえは俺《おれ》をこわがらないで何度《なんど》も会いに来るし、神《かみ》や仏《ほとけ》よりも信用《しんよう》できる～とまで言ったためずらしい人間だ。特別《とくべつ》サービスで、時を戻《もど》してやってもいい」

「時を、戻《もど》す……」

「そうだ。おまえがはじめてこの店に来た日時に時間を戻《もど》してやる。そうすれば、おまえは俺《おれ》と取引《とりひき》をしないですむ。そうしたら、蘭《らん》。おまえはまた陸上競技《りくじょうきょうぎ》ができる」

悪魔《あくま》の言葉《ことば》に、蘭《らん》の頭の中で、パァン！　と、ピストルの音が鳴り響《ひび》いた。

それに合わせて、スターティングブロックを蹴《け》り、前のめりにかけだしていく自分の体の感覚《かんかく》がよみがえる。

痛《いた》いくらいに高鳴る鼓動《こどう》とともに、風の膜《まく》をつき抜《ぬ》けていく。

後ろに流《なが》れ飛《と》んでいく景色《けしき》と、ぐんぐん近づいてくる真《ま》っ白《しろ》なゴールテープ。

飛《と》びこんだ瞬間《しゅんかん》にふき出す汗《あせ》の心地よさと、人びとの歓声《かんせい》――。

「どうだ？　悪《わる》くないだろ」

そこで蘭《らん》は、ハッと我《われ》に返《かえ》った。

実際《じっさい》に走ったわけでもないのに、足が、わずかに震《ふる》えだしていた。

「でも、あたしが取引《とりひき》しなかったら、ムギの腕《うで》は――」

「元に戻《もど》るだけだ。いいじゃないか。どうせムギは、もう絵を描《か》く気がないんだろ」

「……見返《みかえ》りは？」

かすれかかった声で、蘭《らん》はたずねた。

「さすがになにも代償《だいしょう》なし、ってわけじゃないんでしょ」

「まあ、そうだな。代償《だいしょう》は『ムギとの絶縁《ぜつえん》』だ」

「絶縁《ぜつえん》？　ムギと、一生口をきくなってこと？」

「ああ。だけど、それもべつにどうってことないだろ？　なにしろ、おまえとの約束《やくそく》をあっさり破《やぶ》るようなやつだ」

悪魔《あくま》はカウンターにひじをついた。

「そんなやつと、これからも仲良《なかよ》くする必要《ひつよう》があるか？」

蘭《らん》はしばらく黙《だま》っていた。

そして数秒《すうびょう》ののち、口元にうっすらと暗《くら》い笑《え》みをうかべる。

「……そうだね」

悪魔《あくま》は、その返答《へんとう》に笑《え》みを深《ふか》めた。

「それじゃあ、早速《さっそく》リセットして――」

蘭《らん》はそう言いかけて、くわっと目をむいた。

「――なんて言うかよ、バ――――――カッッ！」

蘭《らん》の大声が、ふたたび店内に響《ひび》き渡《わた》る。

「あせったー！　なんて提案《ていあん》してくんのよこの鬼《おに》！　悪魔《あくま》っ！」

「いや……そりゃまあ悪魔《あくま》だけど。この提案《ていあん》のどこが悪《わる》いんだ？」

悪魔《あくま》は目をぱちくりさせる。

「あたしはね！　ムギの腕《うで》が治《なお》ったこと自体はぜんぜん後悔《こうかい》してないの！　だって、ムギはあたしにとって、この世《よ》で一番大事《だいじ》な友だちなんだからっ」

「だけど、もともとそんなに長いつき合いでもないいって言ってたじゃないか」

「あのねぇ、つき合いの長さとか関係《かんけい》ないから。あたしってすぐカッとなるし、口も悪《わる》いからすぐ人に嫌《きら》われちゃうのに、ムギは、ムギだけは、ちがったの。いつもあたしの話を楽しそうに聞いてくれるの。めちゃくちゃやさしくて、すんごいいい子なの！」

蘭《らん》は燃《も》えるような目で悪魔《あくま》をにらみつけた。

「それにね、ムギの描《か》く絵はすごいんだよ。なんていうか、魂《たましい》がこもってんの。あたし、絵のことわかんないけど……ムギはね、きっと絵を描《か》くべき人なんだよ！」

迫力《はくりょく》に気圧《けお》されたのか、悪魔《あくま》は無言《むごん》で蘭《らん》を見返《みかえ》すだけだ。

「見てて。あたし、あきらめないから。ムギにまた絵を描《か》かせてみせるんだから！」

蘭《らん》はそう言い捨《す》てると、荒々《あらあら》しい足取《あしど》りで店を出ていった。

その後ろ姿《すがた》が見えなくなるまで見送《みおく》って、悪魔《あくま》はぽつりとつぶやく。

「そりゃ無理《むり》だよ。ムギが絵を描《か》かないのは、俺《おれ》との取引《とりひき》の代償《だいしょう》なんだから」

——悪魔《あくま》は、一か月ほど前、この店にムギがやって来たときのことを思い出した。


「あ、あのっ……あなたが、どんな願《ねが》いでも叶《かな》えてくれる、っていううわさを聞きました。本当、ですか？」

うわさとはいえ、悪魔《あくま》かもしれない男と対峙《たいじ》するムギは、あわれなほどに足を震《ふる》わせていた。顔色も青を通り越《こ》して真《ま》っ白《しろ》で、声も聞き取《と》りづらいほど震《ふる》えていた。

冷《ひ》やかしや、めんどうそうな客《きゃく》は適当《てきとう》にあしらってきた悪魔《あくま》だが、ムギのあまりにせっぱつまったようすに興味《きょうみ》を引かれた。

「まあ、内容《ないよう》によるけど。だいたいの願《ねが》いは叶《かな》えられるぜ」

「だったらっ……わたしの友だちを、生き返《かえ》らせてくれませんか！」

聞けば、一週間ほど前、ムギの親しい友人が交通事故で亡《な》くなってしまったのだという。その名は、花岡蘭《はなおからん》。陸上選手《りくじょうせんしゅ》を目指《めざ》す快活《かいかつ》な少女だったという。

「蘭《らん》ちゃんは、わたしにとって唯一《ゆいいつ》の、大事《だいじ》な、と、友だちなんですっ。小学校のとき、わたし、クラスの子に暗《くら》いとか、なに考えてるかわからないとか言われて、いじめられてて……だけど、蘭《らん》ちゃんは、そんなわたしに、気にせず話しかけてくれて」

ムギは自分にとって『蘭《らん》ちゃん』がどんなに大切な存在《そんざい》か語りだした。

蘭《らん》は、言いたいことがなんでも言える性格《せいかく》で、いつも毅然《きぜん》としていてかっこいいこと。そして走る姿《すがた》が、とてもキレイなこと。そんな蘭《らん》が、小学校の修学旅行《しゅうがくりょこう》のとき、自分がしおりに描《か》いた絵を見てほめてくれたこと。うれしくなったムギが「じつは画家になるのが夢《ゆめ》」だと打《う》ち明けたら、蘭《らん》も自分の夢《ゆめ》を教えてくれたこと。そして「おたがいなにがあっても夢《ゆめ》を叶《かな》えよう」と約束《やくそく》したこと。

「それなのに、蘭《らん》ちゃんは、もうっ……う、ううう〜っ」

「あー、わかった、わかった。あんたにとって『蘭《らん》ちゃん』がどんだけすごい存在《そんざい》だったかってな。でも、悪《わる》いがさすがの俺《おれ》にもできないことはあるんだよな」

そう、悪魔《あくま》の力をもってしても、できないことはある。それが、『死《し》んでからある程《てい》度《ど》時間が経《た》ってしまった人間を生き返《かえ》らせる』ということだ。なぜならば――。

「だってもう、肉体が残《のこ》ってないんだろ？　骨《ほね》……くらいはあんのかもしれないけど、そこに魂《たましい》を呼《よ》び戻《もど》してもなぁ」

「そっ、そんな」

「残念《ざんねん》だったな。もっと早く来りゃよかったのに」

「だ、だって、うわさを知ったのが、ついさっきでっ……」

へなへなとしゃがみこんでしまったムギに、悪魔《あくま》が思い出したように言った。

「まあでも、ほかに方法《ほうほう》はなくもないぜ」

「えっ……！」

「時を、一週間分巻《ま》き戻《もど》すんだ。そうすれば、あんたの大事《だいじ》な『蘭《らん》ちゃん』を事故《じこ》にあわせずにすむかもしれない」

悪魔《あくま》の言葉《ことば》に、ムギは目をかがやかせた。

「お、お願《ねが》いします！　一週間前に、時間を戻《もど》してください！」

「うーん。でも、どうしようかあ。時を戻《もど》すってのは、ものすごい力を使《つか》うんだよな」

「わ、わたし、なんでもします！　蘭《らん》ちゃんを取《と》り戻《もど》せるなら、どんなことだって！」

ムギは、まるでたらした釣《つ》り糸《いと》に食いつく生《い》け簀《す》の魚のようだった。悪魔《あくま》は思わず頬《ほお》がゆるむのを感《かん》じる。

「そうか。それなら――」

そして、悪魔《あくま》は時を戻《もど》す代償《だいしょう》に、『蘭《らん》と交わしたという、将来《しょうらい》の夢《ゆめ》に関《かん》する約束《やくそく》を破《やぶ》ること』を求《もと》めた。

ムギはそれを聞いた瞬間《しゅんかん》、途方《とほう》にくれた顔をした。無理《むり》もない。ムギにとって、それはほとんど『蘭《らん》との絶縁《ぜつえん》』に等《ひと》しい。話を聞く限《かぎ》り、蘭《らん》は自分との約束《やくそく》を破《やぶ》る相手《あいて》をゆるさない、そういう苛烈《かれつ》な性格《せいかく》だと踏《ふ》んだ。

それに、蘭《らん》との約束《やくそく》を破《やぶ》るということは、必然的《ひつぜんてき》に自分の夢《ゆめ》もあきらめなくてはならないということ――悪魔《あくま》は我《われ》ながら、うまい代償《だいしょう》を考えついたものだと思った。

しかし、ムギはわりとあっさりこの代償《だいしょう》を受《う》け入れた。

「蘭《らん》ちゃんが死《し》なずにすむのなら、それでいいです。わたしが嫌《きら》われるくらい、どうってことないです」

そう言って笑《わら》うムギの顔を見て、悪魔《あくま》は、鼻白《はなじろ》んだ。

正直、もっと悩《なや》むと思ったのだ。それで、もだえ苦《くる》しむ姿《すがた》を見たかったのに。

だからこそ、時を戻《もど》して数日後、蘭《らん》が姿《すがた》を見せたときには――思わずほくそ笑《え》んだ。

リベンジの機会《きかい》がやって来た。そう、思ったのに。

「――あーあ。蘭《らん》がリセットを受《う》け入れてたら、おもしろいことになったのになぁ」

悪魔《あくま》は、カウンターの椅子《いす》に座《すわ》ってため息《いき》をつく。

蘭《らん》がリセットを受《う》け入れた瞬間《しゅんかん》、悪魔《あくま》はすべての種明《たねあ》かしをするつもりだった。

じつは、あの日事故《じこ》にあうはずだったのは、蘭《らん》のほうであったのだと。

亡《な》くなった蘭《らん》を救《すく》うために、ムギは時を戻《もど》したのだということ。

ムギは事故《じこ》にあう蘭《らん》をつき飛《と》ばし、自分が身代《みが》わりになるという方法《ほうほう》を取《と》ったこと。

その後、ムギが絵を描《か》かないと宣言《せんげん》していたのは、その代償《だいしょう》だったこと。

すべてを知ったときの蘭《らん》は、いったいどんな顔をするだろう？　ムギに謝《あやま》りたくても、代償《だいしょう》のせいで会話《かいわ》することもできず、もう一度《いちど》時を戻《もど》してほしいと懇願《こんがん》しても、それは叶《かな》わないのだと知ったときは——。想像《そうぞう》するだけで、よだれが出そうなほどに興奮《こうふん》した。悪魔《あくま》にとっての本当の報酬《ほうしゅう》は、じつはそういう絶望《ぜつぼう》なのだ。なのに……。

「あいつら、結局《けっきょく》一番大事《だいじ》なもんは失《うしな》ってないからな。はあ、これじゃまるで蘭《らん》の言う通りの『約束《やくそく》を守《まも》るやさしい悪魔《あくま》』だよ。この町に来てからどうも調子《ちょうし》が悪《わる》いぜ」

思えば、この町で最初《さいしょ》に願《ねが》いを叶《かな》えてやった老人《ろうじん》もそうだった。あいつが若返《わかがえ》りたいと願《ねが》った理由《りゆう》が、『この店をおとずれる、ほかに居場所《いばしょ》のない子どもたちのため』だったから、悪魔《あくま》はその居場所《いばしょ》をうばうつもりで店をいただいたのに。

「そうか。あんたがずっとここを守《まも》ってくれるのなら安心《あんしん》だ。ありがとう、友よ」

男はそう言って笑《わら》ったのだ。去《さ》り際《ぎわ》「また来るよ」などという言葉《ことば》まで残《のこ》して。

「――待《ま》てよ。『友よ』だと？　それに、あいつの顔、どこかで……」

悪魔《あくま》は古い記憶《きおく》をさぐり、気《き》づいた。あの男に似《に》ているのだ。大昔《おおむかし》に『わたしの友となり、あわれな人間を救《すく》う手助《てだす》けをしてほしい』なんて願《ねが》いで呼《よ》び出してきた、おかしな人間に。ちなみに悪魔《あくま》はあのとき、ただ断《ことわ》るだけではつまらないと『来世《らいせ》でならいいぜ』と、からかった。しかし男は笑《わら》って『わかった。いまのわたしの命《いのち》を代償《だいしょう》にしてくれ』と言い自ら命《いのち》を絶《た》った。悪魔《あくま》はバカなことをとせせら笑《わら》ったものだったが――。

「……まさか、あんなんで取引《とりひき》が成立《せいりつ》しているわけ、ないよな……？」

そうつぶやいたとき、キイと音をたてて店のドアが開《ひら》いた。そして、見覚《みおぼ》えのありすぎる男が中に入ってきて、「やあ、ひさしぶり」と、片手《かたて》を上げる。

顔を引きつらせる悪魔《あくま》に、男はぶきみなほど明るい笑顔《えがお》でこう言った。

「いやぁ、若《わか》い体はいいねぇ。これならあと八十年くらいはきみと友でいられそうだよ」

キンソクチ

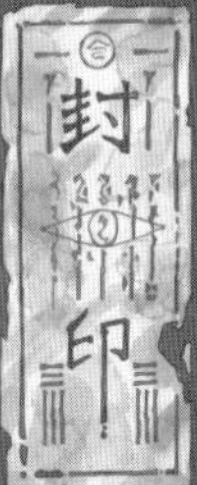

緑川聖司

「はあ……はあ……はあ……」

もつれそうになる足を、必死《ひっし》で前に踏《ふ》み出して、ぼくは深《ふか》い森の中を走り続《つづ》けた。

息《いき》が苦《くる》しい。脇腹《わきばら》が痛《いた》い。汗《あせ》が目に入って、視界《しかい》がぼやける。

それでも、立ち止まるわけにはいかなかった。

あいつにつかまったら、どんな目にあわされるか……。

背後《はいご》から迫《せま》ってくる恐怖《きょうふ》に追《お》い立てられて、ひたすら進《すす》んでいると、

「うわっ！」

とつぜん地面《じめん》がなくなって、ぼくは急《きゅう》な斜面《しゃめん》を一気にすべり落《お》ちた。

ドン、という衝撃《しょうげき》とともに、背中《せなか》を地面《じめん》に打《う》ちつけて、息《いき》もできずにうめいていると、

ズザザザ……ズザザザザ……

セミの声に混《ま》じって、重《おも》くて長い物《もの》を引きずるような音が、頭の上を通っていった。

口から飛《と》び出しそうになる悲鳴《ひめい》を、あわてて飲《の》みこむ。

しばらくして、音がしなくなると、ぼくはゆっくりと立ち上がって、斜面《しゃめん》を見上げた。

高さはだいたい三メートルくらいだろうか。

これぐらいなら、なんとか登《のぼ》れそうだ。

（あいつは無事《ぶじ》に逃《に》げ切れたかな……）

額《ひたい》の汗《あせ》をぬぐいながら、ぼくは途中《とちゅう》ではぐれた隼人《はやと》のことを考えた。

「なあ、聡介《そうすけ》。明日《あした》、おんばりょ山《やま》に行かないか」

隼人《はやと》がそう言って誘《さそ》ってきたのは、夏期講習《かきこうしゅう》の最終日《さいしゅうび》、塾《じゅく》からの帰り道のことだった。

隼人《はやと》とは、小学校は違《ちが》うけど、塾《じゅく》では四年生のときからずっと同じクラスで、一緒《いっしょ》に勉強《べんきょう》してきた。

受験《じゅけん》本番まで、あと半年。これからさらに勉強《べんきょう》がいそがしくなるので、講習《こうしゅう》が終《お》わったら、どこかへ遊《あそ》びに行こうと約束《やくそく》していたのだ。

おんばりょ山は、町はずれにある小さな山で、中腹《ちゅうふく》には神社《じんじゃ》があって、その奥《おく》には足を踏《ふ》み入れてはいけない場所《ばしょ》――禁足地《きんそくち》があるといわれている。

だけど、隼人《はやと》の学校では、そのうわさはあまり知られていないらしく、ぼくからその話を聞いた隼人《はやと》は、前からたしかめに行きたがっていた。

ぼくも、正直なところ、子どもが危《あぶ》ないところに行かないよう、大人《おとな》が考えた作り話だと思っていたので、

「いいな。行こうぜ」

と、うなずいたのだった。

そして、今日《きょう》。

ぼくと隼人《はやと》は朝から自転車《じてんしゃ》に乗《の》って、おんばりょ山へと向《む》かった。

ふもとの駐輪場《ちゅうりんじょう》に自転車《じてんしゃ》を停《と》めて、なだらかな山道を歩きだす。

二十分ほどで神社《じんじゃ》に到着《とうちゃく》したので、お参《まい》りをしてから社殿《しゃでん》の裏側《うらがわ》に回りこむと、明るい太陽《たいよう》の光に照《て》らされた境内《けいだい》とは対照的《たいしょうてき》に、暗《くら》い森が広がっていた。

ぼくたちは、誰《だれ》も見ていないことを確認《かくにん》してから、黄色いロープをまたいで、森の中へと足を踏《ふ》み入れた。

生い茂《しげ》った木の枝葉《えだは》で太陽《たいよう》の光はさえぎられているけど、蒸《む》し暑《あつ》くて、すぐに汗《あせ》がふき出してくる。

腰《こし》の高さまである草をかきわけながら、五分ほど進《すす》んだところで、急《きゅう》に見通しがよくなった。

目の前に、土がむきだしになった空き地が現《あらわ》れたのだ。

広さは学校の校庭《こうてい》ぐらいだろうか。

空き地の真《ま》ん中《なか》には、木の柵《さく》でできた囲《かこ》いがあった。一辺《いっぺん》が三メートルくらいの正方形で、高さはちょうどぼくたちの身長《しんちょう》ぐらいある。

近づいてみると、柵《さく》の外側《そとがわ》には、風雨にさらされてボロボロになった御札《おふだ》が、何枚《なんまい》も貼《は》られていた。

「おい、聡介《そうすけ》。ここから入れるぞ」

隼人《はやと》の声がしたので反対側《はんたいがわ》に回りこむと、柵《さく》の一部《いちぶ》が壊《こわ》れていた。

体をななめにして中に入ると、囲《かこ》いの中心には石造《づく》りの古びた井戸《いど》があって、コンクリートでふたがされている。

なんだか急《きゅう》に肌寒《はださむ》くなった気がして、

「なあ……ここって、やばくないか？」

半そでのシャツから出た腕《うで》をこすりながら、ぼくは言った。

「そうか？」

隼人《はやと》はなにも感《かん》じていないようすで、井戸《いど》のふたに手をかけようとして、直前でその手を止めた。


カタカタカタカタカタ……

ふたが音をたてて、小刻《こきざ》みに揺《ゆ》れはじめたのだ。

揺《ゆ》れはだんだん大きくなって、ふたがゴトリと地面《じめん》に落《お》ちる。

すると、魚がくさったような生臭《なまぐさ》いにおいとともに、長い髪《かみ》をした女の人の顔が、井《い》戸《ど》からスーッと現《あらわ》れた。

ぼくたちが声も出せずにかたまっていると、女の人はニヤリと笑《わら》って、井戸《いど》からズルズルとはい出してきた。

「うわあっ！」

隼人《はやと》が大声をあげて、柵《さく》の外へと走りだす。

ぼくもあわてて、そのあとを追《お》った。

井戸《いど》から出てきたのは、腕《うで》が左右に三本ずつ生えて、腰《こし》から下は蛇《へび》の姿《すがた》をした、この世《よ》のものとは思えない怪物《かいぶつ》だったのだ。

「なんだよ、あれ！」

森の中にかけこみながら、隼人《はやと》が叫《さけ》ぶ。

「知らないよ！」

返事《へんじ》をしながら後ろを見ると、怪物《かいぶつ》はその丸太のような胴体《どうたい》をくねらせて、木をよけながら追《お》いかけてくる。

ぼくは夢中《むちゅう》で走った。

いつの間にか隼人《はやと》とはぐれてしまったけど、立ち止まってさがす余裕《よゆう》はない。

とにかく走り続《つづ》けているうちに、足をすべらせてしまったのだ。

あれって、カンカンダラだよな――。

木の枝《えだ》をつかんで、斜面《しゃめん》に体を引き上げながら、ぼくは心の中でつぶやいた。

カンカンダラというのは、村人に裏切《うらぎ》られて、大蛇《だいじゃ》に食べられた巫女《みこ》が、恨《うら》みのあまり、その大蛇《だいじゃ》と一体化《いったいか》して人間を襲《おそ》うようになった妖怪《ようかい》のことだ。その恨《うら》みがあまりにも強すぎたため、えらいお坊《ぼう》さんでも井戸《いど》に閉《と》じこめることしかできなかったらしい。

ちょうど、このあいだ、怖《こわ》い話を紹介《しょうかい》する動画《どうが》で見たばかりだった。

まさか、そんな妖怪《ようかい》がおんばりょ山にいるなんて……。

ようやく元の道に戻《もど》ったぼくが、隼人《はやと》をさがすために歩きだそうとしたとき、

「クックックッ……こんなところにいたのか」

すぐ後ろから、体が凍《こお》りつくような冷《つめ》たい声が聞こえてきた。

首筋《くびすじ》に、生臭《なまぐさ》い息《いき》がかかる。

ぼくが金縛《かなしば》りにあったように動《うご》けないでいると、ズル……ズル……と重《おも》い物《もの》を引きずる音がして、カンカンダラが正面《しょうめん》に回りこんできた。

首から上はふつうの女の人なのに、上半身《じょうはんしん》では六本の腕《うで》がゆらゆらと揺《ゆ》れ、下半身《かはんしん》は蛇《へび》の肌《はだ》がぬらぬらと光っている。

心臓《しんぞう》がバクバクと音をたてて、声が出ない。

おそろしくてたまらないのに、目をそらすことができず、ぼくがガクガクと震《ふる》えていると、

「……見逃《みのが》してやろうか？」

カンカンダラが、低《ひく》い声で言った。

「……え？」

信《しん》じられない台詞《せりふ》に、ぼくがかすれた声で聞き返《かえ》すと、

「ただし、友だちを裏切《うらぎ》ればな」

カンカンダラはそう言って、ヒヒッと笑《わら》った。

そして、絶句《ぜっく》しているぼくに、

「友だちを見つけたら、わしを呼《よ》ぶがいい。そうすれば、おまえだけは助《たす》けてやろう」

と続《つづ》けた。

おまえだけはって、どういうこと？

隼人《はやと》はどうなるんだ？

聞きたいことはいろいろあったけど、恐怖《きょうふ》でぼくがなにも言えずにいるうちに、カンカンダラは方向転換《ほうこうてんかん》をして、ズザザザと森の奥《おく》へと姿《すがた》を消《け》した。

ようやく体が動《うご》くようになったぼくは、その場にくずおれた。

友だちを見つけたら、わしを呼《よ》ぶがいい。そうすれば、おまえだけは助《たす》けてやろう。

つまり、呼《よ》ばなければ今度《こんど》こそ命《いのち》はないということだ。

ぼくは涙《なみだ》が出そうになった。

受験勉強《じゅけんべんきょう》の合間に、ちょっと遊《あそ》びにきただけなのに……。

こんなことになったのも、もとはといえば、隼人《はやと》がおんばりょ山へ行こうと言いだしたからだ。

だいたい、隼人《はやと》は昔《むかし》から、自分勝手《じぶんかって》なところがあった。

去年《きょねん》、志望校《しぼうこう》の文化祭《ぶんかさい》を見に行ったときも、隼人《はやと》が寝《ね》ぼうしたせいで、見学したかったクラブの発表《はっぴょう》を見ることができなかった。

今年《ことし》の春期講習《しゅんきこうしゅう》では、筆箱《ふでばこ》を忘《わす》れたって言うから、お気に入りのシャーペンを貸《か》したら、壊《こわ》れて返《かえ》ってきたし……。

隼人《はやと》のいやなところばかりが頭をよぎっていると、すぐ近くでガサガサと草の揺《ゆ》れる音がした。

びくっとするぼくの目の前に、

「聡介《そうすけ》！」

草をかきわけて、隼人《はやと》が現《あらわ》れた。

「よかった。無事《ぶじ》だったのか」

ホッとしたようすで、大きく息《いき》を吐《は》いて、ぼくの肩《かた》をたたく。

「途中《とちゅう》ではぐれたから、あいつにつかまったんじゃないかと思って、さがしてたんだ」

よほど走り回ったのか、隼人《はやと》の顔は汗《あせ》でびっしょりだった。

いままで隼人《はやと》を裏切《うらぎ》る理由《りゆう》を考えていたぼくが、気まずい思いで黙《だま》っていると、

「悪《わる》かったな」

隼人《はやと》は急《きゅう》に真剣《しんけん》な顔で言った。

「おれが誘《さそ》わなかったら、こんな目にはあわなかったのに……」

申《もう》し訳《わけ》なさそうに、くちびるをかみしめる隼人《はやと》の顔を見ていると、さっきとは反対《はんたい》に

隼人《はやと》との楽しかった思い出がうかんできた。

文化祭《ぶんかさい》のときは、クラブの発表《はっぴょう》は見られなかったけど、隼人《はやと》に誘《さそ》われて見に行った吹《すい》奏楽部《そうがくぶ》の演奏《えんそう》が「合格《ごうかく》したら入部《にゅうぶ》してもいいかな」と思えるくらいかっこよかった。

シャーペンも、わざと壊《こわ》したわけじゃないし、そのあと、よく似《に》たシャーペンをさがして買ってきてくれた。

そもそも、隼人《はやと》がいてくれたおかげで、はじめはいやだった塾《じゅく》も続《つづ》けることができたのだ。

いやな思いをしたことよりも、楽しい思い出のほうが絶対《ぜったい》に多い。それなのに、カンカンダタラに出会った恐怖《きょうふ》で混乱《こんらん》して、ぼくは隼人《はやと》を裏切《うらぎ》ろうとした。

「ごめん」

気がつくと、ぼくは隼人《はやと》に頭を下げていた。

「じつはおれ、あいつにつかまってたんだ」

おどろいたようすの隼人《はやと》に、カンカンダラとのやり取《と》りを、正直に打《う》ち明ける。

「ほんとは、さっきまで隼人《はやと》を裏切《うらぎ》って、自分だけ助《たす》かろうと思ってた。隼人《はやと》はこんなに汗《あせ》だくになって、おれのことをさがしてくれてたのに……」

ぼくの話を聞いて、隼人《はやと》はしばらく黙《だま》っていたけど、やがて、ぽつりと口を開《ひら》いた。

「――おれも、同じことを言われた」

ぼくと合流《ごうりゅう》する直前、隼人《はやと》もあいつにつかまって、同じ台詞《せりふ》を言われていたらしい。

「だから、おれもほんとは、自分が助《たす》かるために聡介《そうすけ》をさがしてたんだ」

ところが、ぼくを見つけた瞬間《しゅんかん》、ホッとして、そんな思いも吹《ふ》き飛《と》んだのだそうだ。

隼人《はやと》の話を聞いて、ぼくはゾッとした。

カンカンダラは、ぼくたちにまったく同じ提案《ていあん》をして、おたがいに裏切《うらぎ》らせようとしていたのだ。

人の心をもてあそぶ、そのやり方に、ぼくはだんだん腹《はら》が立ってきた。

「絶対《ぜったい》に逃《に》げてやろう」

ぼくの言葉《ことば》に、隼人《はやと》も力強くうなずいた。

だけど、めちゃくちゃに走り回ったせいで、いまどこにいるのかもわからない。

ぼくたちはまず、道をさがすことにした。

ときおり、ガサガサとなにかを引きずるような音が聞こえるので、そのたびに草むらや木のかげにかくれて、音が通り過《す》ぎるのを待《ま》つ。

たぶん、ひとりだったら恐怖《きょうふ》に耐《た》えられなかっただろう。

となりに隼人《はやと》がいることが、すごく心強かった。

「のどかわいたな」

暑《あつ》さとのどのかわきで、頭がぼうっとしてきたぼくがつぶやくと、

「たしか、神社《じんじゃ》に自販機《じはんき》があったぞ」

隼人《はやと》が汗《あせ》をぬぐいながら、小声で答えた。

「まじ？」

「聡介《そうすけ》、お金持《も》ってるか？」

「五、六本は買えると思う」

「そんなに飲《の》めないって」

ぼくと隼人《はやと》が顔を見合わせて、ひさしぶりに笑《わら》ったとき、

「見つけたぞ」

低《ひく》く、おどろおどろしい声とともに、

ズザザザザザッ！


草の上をはう音が、一気に近づいてきた。

ぼくたちは木のかげから飛《と》び出して、懸命《けんめい》に走った。

眉《まゆ》を吊《つ》り上げたカンカンダラが、たくみに体をくねらせながら追《お》いかけてくる。

おたがいを裏切《うらぎ》らせようとしていたのに、思うようにいかなかったので、怒《おこ》っているのだろう。

だけど、こっちだって思い通りになんてなりたくない。

傷《きず》だらけになりながら逃《に》げ続《つづ》けていると、

「あっ！」

木の根《ね》っこにつまずいて、隼人《はやと》が地面《じめん》に転《ころ》がった。

カンカンダラは、すぐそこまで迫《せま》っているけど、ぼくは迷《まよ》うことなくあと戻《もど》りして、隼人《はやと》を引《ひ》っ張《ぱ》り起《お》こした。

六本の腕《うで》が伸《の》びてくる。

ぼくはとっさに、ポケットの中の小銭《こぜに》をカンカンダラの顔めがけて、思い切り投《な》げつけた。

「ぐわぁっ！」

カンカンダラが顔を押《お》さえて悲鳴《ひめい》をあげる。

そして、しっぽで地面《じめん》をばしばしとたたいたかと思うと、苦《くる》しそうに暴《あば》れだした。

どうやら、思ったよりもダメージが大きかったみたいだ。

地面《じめん》にたたきつけられる、その丸太のような胴体《どうたい》をよけていると、

「聡介《そうすけ》！　神社《じんじゃ》だ！」

隼人《はやと》の声が聞こえた。

よく見ると、木々のすき間から、建物《たてもの》の屋根《やね》がわずかにのぞいている。

ぼくたちは音をたてるのもかまわずに走りだした。


バキバキバキバキバキ！


カンカンダラが、木をなぎ倒《たお》しながら、ぼくたちをめがけてまっすぐに追《お》いかけてくる。

ずっと走り回っているせいで、足も心臓《しんぞう》ももう限界《げんかい》だ。

それでも、おたがい支《ささ》え合うようにしながら、ぼくたちはなんとかロープを越《こ》えて、社殿《しゃでん》の裏《うら》に転《ころ》がりこんだ。

「どうしたんじゃ」

竹ぼうきで掃除《そうじ》をしていた初老《しょろう》の神主《かんぬし》さんが、目を丸くしてかけ寄《よ》ってくる。

振《ふ》り返《かえ》ると、カンカンダラはズルズルとその体を引きずるようにして、森の奥《おく》へと去《さ》っていくところだった。

信《しん》じてもらえるかどうかわからなかったけど、ぼくたちはいま体験《たいけん》したことを、正直に話した。

神主《かんぬし》さんはぼくたちの話を聞き終《お》わると、眉《まゆ》を寄《よ》せて、

「危《あぶ》ないところだったな」

と言った。

「あいつの言う通りにしていたら、二人とも助《たす》からなかったぞ」

「どういうことですか？」

ぼくが聞き返《かえ》すと、

「あいつは、そう言って人をためすんだ」

神主《かんぬし》さんはまじめな顔で答えた。

「もしきみたちが、友だちを裏切《うらぎ》っていたら、二人とも食べられていただろう」

そうだったんだ……。

ぼくたちはあらためて、大きく息《いき》を吐《は》き出した。

ちなみに神主《かんぬし》さんの話によると、カンカンダラは金気《かなけ》——金属《きんぞく》を嫌《きら》うらしい。

だから、小銭《こぜに》が当たっただけで、あんなに苦《くる》しんでいたのだ。

「でも、ジュース買うお金がなくなっちゃった」

ぼくのつぶやきを聞いて、神主《かんぬし》さんはにっこり笑《わら》った。

「だったら、社務所《しゃむしょ》に寄《よ》っていきなさい。冷《つめ》たい麦茶を出してあげよう」

麦茶を飲《の》んで、少年たちが帰っていくのを見送《みおく》ると、神主《かんぬし》はロープを越《こ》えて、裏《うら》の森に足を踏《ふ》み入れた。

そして、井戸《いど》のある囲《かこ》いの前まで来ると、

「賭《か》けはわしの勝《か》ちだな」

と言った。

「ああ、今回はおまえの勝《か》ちだ」

いつの間に現《あらわ》れたのか、カンカンダラが神主《かんぬし》の後ろで、悔《くや》しそうに答えた。

神主《かんぬし》とカンカンダラは、複数《ふくすう》の人間が禁足地《きんそくち》にやって来るたびに、疑心暗鬼《ぎしんあんき》にさせるような提案《ていあん》をして、裏切《うらぎ》ったらカンカンダラの勝《か》ち、裏切《うらぎ》らなければ神主《かんぬし》の勝《か》ち、という賭《か》けをしていたのだ。

「これでわしの四勝三敗《よんしょうさんぱい》だな」

神主《かんぬし》が満足《まんぞく》そうにうなずいた。

「二人とも、まだ子どもだというのに、裏切《うらぎ》らなかった。えらいもんだ」

「本当の裏切者《うらぎりもの》は、キツネのくせに人間に化《ば》けて、人間の命《いのち》で賭《か》けをしているおまえじゃないのか」

カンカンダラの言葉《ことば》に、

「なにを言うか。わしは人間を助《たす》けてやってるんだぞ」

神主《かんぬし》はそう言って、ニヤリと笑《わら》った。

占いなんて、当たらない？

花里真希

朝七時三十五分。

とうに朝ごはんは食べ終《お》わっているけど、テーブルについたまま、だらだらとテレビを見ている。今日《きょう》は持久走《じきゅうそう》大会があるから、学校に行きたくないんだよね。

時計《とけい》代《が》わりの情報《じょうほう》番組では、今日《きょう》の星座《せいざ》ランキングをやっていた。

「そして、第一位《だいいちい》は……、いて座《ざ》です！　今日《きょう》はすべてがスムーズにいきそう。ちょっとムリ目なお願《ねが》いでも、叶《かな》っちゃうかも」

あーあ、わたし、いて座《ざ》だったらよかったなあ。そしたら、持久走《じきゅうそう》大会なんか中止になってたかも。占《うらな》いが、ほんとに当たるなら、だけどね。

「真麻《まあさ》、テレビなんか見てるひまないでしょ」

お母《かあ》さんにうながされて、立ち上がったときだった。

「最後《さいご》に、最下位《さいかい》の発表《はっぴょう》です。最下位《さいかい》は……、てんびん座《ざ》です！」

え？　うそ！　わたし、てんびん座《ざ》なのに！

「今日《きょう》のてんびん座《ざ》は、なにかとツイていません。とくに裏切《うらぎ》りには注意《ちゅうい》してね」

12
てんびん座
今日の最下位…

占《うらな》いなんて信《しん》じてないけど、十二星座《せいざ》の中で、今日《きょう》一番ツイてないのが自分の星座《せいざ》と言われたら、やっぱり気になる。持久走《じきゅうそう》大会で、なにか起《お》きるのかも……。

今日《きょう》の持久走《じきゅうそう》大会は、一、二時間目に低《てい》学年、三、四時間目に中学年、そして、五、六時間目に高学年が走ることになっている。六年生のわたしは、給食《きゅうしょく》を食べたあとに走るから、おなかが痛《いた》くなるかもしれないし、気持《きも》ち悪《わる》くなるかもしれない。

「真麻《まあさ》、いいかげんにしなさい。理子《りこ》ちゃんが来ちゃうわよ」

「はーい」

近所《きんじょ》に住《す》む佐藤《さとう》理子ちゃんは、毎朝七時四十分にわたしをむかえに来る。でも、その時間に、わたしが準備《じゅんび》できてることなんてほとんどないから、玄関《げんかん》で少し待《ま》ってもらうというのが、いつものパターンだ。

わたしはおおざっぱで、理子ちゃんはきっちりさん。性格《せいかく》は正反対《せいはんたい》だけど、二人とも本を読むことが好《す》きで、運動《うんどう》が苦手《にがて》だから、なんだか気が合っている。きらいな体育《たいいく》の授業《じゅぎょう》でも、理子ちゃんとペアを組んでおしゃべりしてると、ふしぎと時間が早く過《す》ぎるんだよね。だから、今日《きょう》の持久走大会《じきゅうそうたいかい》も一緒《いっしょ》に走ろうと約束《やくそく》していた。

食べ終《お》わったお皿《さら》をシンクに置《お》き、トイレに行く。それから、洗面所《せんめんじょ》で、歯《は》をみがき、顔を洗《あら》い、髪《かみ》を整《ととの》えて、準備完了《じゅんびかんりょう》。

それなのに、インターホンは、まだ鳴らない。

「理子ちゃん、遅《おそ》いわね。今日《きょう》はお休みかしら」

お母《かあ》さんがテレビ画面《がめん》に目をやる。画面《がめん》左上の時刻《じこく》は、七時四十五分になっていた。

理子ちゃん、昨日《きのう》は元気そうだったけどな。持久走大会《じきゅうそうたいかい》がいやで学校を休むことにしたとか? 一緒《いっしょ》に走ろうねって約束《やくそく》してたのに……。

もしかしたら、これが占《うらな》いの言ってた「裏切《うらぎ》り」なのかも。

「お母《かあ》さん、わたしも今日《きょう》、学校休む。理子ちゃんなしで持久走《じきゅうそう》なんて走れないもん」

「なに言ってるの。走ったら終《お》わるんだから、走ればいいじゃない。あ、そうだ。完走《かんそう》したら、ラ・ブランジュのシュークリームを買ってあげようか」

「えっ! ラ・ブランジュのシュークリーム!?」

ラ・ブランジュというのは、先月、駅前《えきまえ》にできたケーキ屋《や》さんだ。シュークリームがおいしいと評判《ひょうばん》だけど、すごい人気ですぐに売り切れちゃうから、わたしはまだ食べたことがない。

ラ・ブランジュのシュークリームが食べられるなら、持久走《じきゅうそう》も悪《わる》くないかも。

「わかった。わたし、がんばって最後《さいご》まで走る！」

ウキウキしながらくつひもをむすんでいたら、ピンポーンとチャイムが鳴った。ドアを開《あ》けると、はねた髪《かみ》の毛をしきりに気にしている理子ちゃんがいた。

「おはよう、真麻《まあさ》ちゃん。遅《おそ》くなって、ごめん。寝《ね》ぼうしちゃって」

「理子ちゃんが寝坊《ねぼう》だなんて、めずらしいね。でも、出る時間はいつもとそんなにかわらないからだいじょうぶだよ。理子ちゃん、今日《きょう》は休むのかと思ってたから、来てくれただけでうれしいし」

「えー、なんで？　持久走大会《じきゅうそうたいかい》、一緒《いっしょ》に走ろうって約束《やくそく》したでしょ？」

そうだよね。きっちりして、曲《ま》がったことが大《だい》きらいな理子ちゃんが、そんなことするはずないのに。占《うらな》いのせいで、変《へん》なこと考えちゃった。

「さ、行こう」

「うん。お母《かあ》さん、いってきます。シュークリーム、約束《やくそく》だよ」

「はい、はい。持久走《じきゅうそう》、がんばってね。いってらっしゃい」

玄関《げんかん》を出ると、理子ちゃんが、「シュークリームって、なんのこと?」と、わたしを見た。だから、持久走《じきゅうそう》大会で完走《かんそう》したら、ラ・ブランジュのシュークリームを買ってもらえるんだと話した。

「じゃあ、がんばって走らないとね。あれ、ほんとにおいしいんだから」

理子ちゃんは一度《いちど》だけラ・ブランジュのシュークリームを食べたことがあるらしくて、学校に着《つ》くまでのあいだ、それがどんなにおいしかったか話し続《つづ》けた。

昇降口《しょうこうぐち》を入ると、七海《ななみ》ちゃんと翼《つばさ》くんが楽しそうにおしゃべりしていた。

七海ちゃん、わたしが翼《つばさ》くんのこと好《す》きだって知ってるのに、くっつきすぎ!

二人は、同じスイミングスクールに通っていて仲《なか》がいい。七海ちゃんは、翼《つばさ》くんのことをよく知ってるから、好《す》きな食《た》べ物《もの》とか、飼《か》ってる犬の名前とか、いろいろ教えてくれた。だから、わたしのことを応援《おうえん》してるんだと思ってたのに……。

じっと二人を見ていたら、七海ちゃんが、こっちに気がついた。

「あ、真麻《まあさ》ちゃん、理子ちゃん、おはよう」

「お、おはよう」

「おはよう」

翼《つばさ》くんは、「はよっ」と言うと、そそくさとろうかを歩いていった。

「七海ちゃん、翼《つばさ》くんと、なに話してたの？」

「持久走《じきゅうそう》大会、おたがい一位《いちい》目指《めざ》して、がんばろうねって話してただけ。じゃあね」

七海ちゃんは、にっと笑《わら》って、翼《つばさ》くんのあとを追《お》いかけるように行ってしまった。

なに、あの笑《わら》い。

「ねえ、理子ちゃん。七海ちゃんて、翼《つばさ》くんのこと、好《す》きなのかな」

「えー、ちがうんじゃない？　七海ちゃん、二組の矢田《やだ》くんが好《す》きらしいから」

理子ちゃんはそう言ったけど、その日は、七海ちゃんと翼《つばさ》くんが一緒《いっしょ》にいるところがやたらと目についた。

なに話してるんだろう? 二人だけの秘密《ひみつ》とか? ああ、すごくモヤモヤする!

すっきりしない気分のまま、午前中の授業《じゅぎょう》を終《お》える。給食《きゅうしょく》を食べ終《お》え、掃除《そうじ》が終《お》わると、いよいよ持久走《じきゅうそう》大会だ。

冷《つめ》たい風の吹《ふ》きつけるグラウンドでの準備体操《じゅんびたいそう》が終《お》わると、すぐに五年生の女子がスタートした。

どの学年も、グラウンドを一周《いっしゅう》したあと、校門を出て、学校の外を走ることになっている。外から戻《もど》ってきたあとも、またグラウンドを一周《いっしゅう》しなくちゃいけない。あれ、さらし者《もの》にされてるみたいで、ほんとにいやなんだよね。

五年生の女子がスタートしてから三分後、五年生の男子がスタートした。そして、それから三分後は、わたしたち六年生の女子の番。

「位置《いち》について、用意《ようい》、スタート!」

一組の先生が旗《はた》を振《ふ》ると、七海ちゃんをはじめ、上位《じょうい》をねらっている子たちが勢《いきお》いよく走りだした。わたしと理子ちゃんは、横《よこ》にならんで、後ろのほうからついていく。

スタートしたばかりなのに、もう足が重《おも》い。前を走る子たちの、ザッ、ザッと土をける音が、どんどん遠ざかっていく。わたしたちが、やっとグラウンドを半周《はんしゅう》した頃《ころ》、先頭グループは、もう校門を出ようとしていた。

男子がスタートラインに並《なら》びはじめた。翼《つばさ》くんが一番前のいい位置《いち》をキープしてる。

そういえば、七海ちゃんは、翼《つばさ》くんと一緒《いっしょ》に一位《いちい》を取《と》ろうって話してたんだっけ。

「ねえ、理子ちゃん……」

走りながらしゃべるのって、なかなか大変《たいへん》。息《いき》が上がって、うまくしゃべれない。

「七海ちゃんと、翼《つばさ》くんてさ、運動《うんどう》が、できる子、同士《どうし》で、気が、合うんだろうね」

「真麻《まあさ》ちゃん、今日《きょう》は、やけに、あの二人のこと、気にするね」

理子ちゃんが、しゃべりやすいように走るスピードを落《お》とすと、後ろを走っていた子に追《お》い抜《ぬ》かれた。わたしたちは、六年女子の最後尾《さいこうび》になったけど、理子ちゃんと一緒《いっしょ》だから平気《へいき》。だいたい、わたしの目標《もくひょう》は、順位《じゅんい》とか関係《かんけい》なくて、完走《かんそう》することだもん。

「だって、朝のテレビの星占《ほしうらな》いで、今日《きょう》一番ツイてない星座《せいざ》はてんびん座《ざ》で、裏切《うらぎ》りに注意《ちゅうい》って言ってたから」

「七海ちゃんが真麻《まあさ》ちゃんのことを裏切《うらぎ》って、翼《つばさ》くんに近づいてると思ってるの？」

「うん、まあ」

「でもさ、もし、七海ちゃんが翼《つばさ》くんのこと好《す》きだったら、『わたしも翼《つばさ》くんのこと好《す》き』って、真麻《まあさ》ちゃんに言うと思うよ。あの子、はっきりしてるから」

そうかな？　と思ったけど、苦《くる》しかったので、こくん、とうなずくだけにした。

「占《うらな》いなんか、そんなに気にしなくても、いいんじゃない？」

いつもは気にしないけど、今日《きょう》は気になっちゃうんだよね。なんたって、最下位《さいかい》だし。

「おーい、そこの二人、スピードを上げていけよ。男子に追《お》い越《こ》されるぞー」

ポイントで立っていた先生が、わたしと理子ちゃんに向《む》かって大きな声を出した。

振《ふ》り向《む》くと、男子の先頭グループが、すぐそこまで来ていた。翼《つばさ》くんもいる。

翼《つばさ》くん、やっぱり、かっこいいなあ……、あっ。

後ろを見ながら走っていたら、足がもつれてしまった。

わたしは、そのままアスファルトにたおれこみ、そこら中をすりむいた。

「いったぁ」

手のひらもひざも、ジンジンする。

「真麻《まあさ》ちゃん、だいじょうぶ？」

理子ちゃんが、心配《しんぱい》そうにわたしの顔をのぞきこんだ。

「うん」と顔を上げると、ちょうど男子の先頭グループが、わたしたちの横《よこ》を通り過《す》ぎていくところだった。

そのとき、翼《つばさ》くんと、ばちっと目が合った。

うわっ、最悪《さいあく》！　こんなところを見られるなんて。

はずかしくて、顔をふせる。

そのまま、体を丸めてうずくまっていたら、先生がかけ寄《よ》ってきた。

「小川《おがわ》さん、立てる? 佐藤《さとう》さんは、先に行ってなさい」

先生に言われて、理子ちゃんは、しぶしぶ先を走っていった。

「ちょっと、すりむいただけだね。骨《ほね》を折《お》ったりしてなくてよかった」

先生は、ひざを消毒《しょうどく》して、ばんそうこうを貼《は》ってくれた。

「走れる?」

うなずいて、走りだす。でも、理子ちゃんにはとうてい追《お》いつけそうにない。

一緒《いっしょ》に走ろうねって約束《やくそく》してたのに、ひとりで走ることになっちゃったな……。


今日《きょう》のてんびん座《ざ》は、なにかとツイていません。とくに裏切《うらぎ》りには注意《ちゅうい》してね

とつぜん、占《うらな》いの言葉《ことば》が頭の中によみがえった。

もしかしたら、「裏切《うらぎ》り」って、わたしが理子ちゃんをひとりで走らせることだったのかも。誰《だれ》かから裏切《うらぎ》られるんじゃなくて、わたしが裏切《うらぎ》ることもあったんだ。

そう思ったら、ただでさえ苦《くる》しかった息《いき》が、よけいに苦《くる》しくなってきた。口の中で血《ち》の味《あじ》がする。ひざもわき腹《ばら》も痛《いた》い。

わき腹《ばら》をおさえて、ふらふらと走っていたら、やっと校門が見えてきた。

校門をくぐると、走り終《お》わった子たちが、グラウンドを走る子たちを応援《おうえん》していた。

走り終《お》わったら解散《かいさん》したらいいのに。こんなかっこ悪《わる》いところ、見られたくないよ。

「真麻《まあさ》ちゃん、がんばれー」

理子ちゃんが、手を振《ふ》っている。

かっこ悪《わる》いところを見られるのはいやだけど、応援《おうえん》されるのは、やっぱりうれしいかも。少しだけ元気が出た。

なんとかゴールラインをまたぐと、理子ちゃんがかけ寄《よ》ってきた。

「真麻《まあさ》ちゃん、だいじょうぶだった?」

やっとのことで、「うん」とうなずく。

わたしは女子でダントツのビリだったけど、まだ走っている男子がいる。よろよろしながら後続《こうぞく》のじゃまにならないところまで行って、やっと座《すわ》ることができた。

理子ちゃんはとなりに座《すわ》って、肩《かた》で息《いき》をしているわたしの背中《せなか》をさすってくれた。それから、翼《つばさ》くんと七海ちゃんが六年の男子と女子の部《ぶ》でそれぞれ一位《いちい》になったことや、わたしが転《ころ》んでひとりになったあと、二人追《お》い抜《ぬ》いたことなんかを話してくれた。

話を聞いているあいだに、少し呼吸《こきゅう》が落《お》ちついてきた。

「一緒《いっしょ》に走ろうって約束《やくそく》してたのに、ひとりで走らせちゃって、ごめんね」

「なんで？　真麻《まあさ》ちゃんだってひとりで走ったんだし、謝《あやま》ることないのに」

「でも、きっと、占《うらな》いの言ってた裏切《うらぎ》りって、わたしが理子ちゃんをひとりで走らせちゃったことだと思うから」

「えーっ、そんなふうに思ってないよ。占《うらな》いなんて気にしないでって言ったでしょ」

理子ちゃんに背中《せなか》をポンとたたかれて、ほっとした。

でも、それも束《つか》の間《ま》、七海ちゃんに声をかけられてドキッとする。

「真麻《まあさ》ちゃん、ちょっと、一緒《いっしょ》に来てくれない？」

「う、うん」

なんだろう？　わたし、いよいよ、ライバル宣言《せんげん》されるのかな。

七海ちゃんは、黙《だま》ったまま、グラウンドのすみのほうへ歩いていく。心配《しんぱい》そうにわたしを見る理子ちゃんを残《のこ》して、七海ちゃんのあとについていった。

ドキドキしながら植《う》えこみのかげに行くと、そこに翼《つばさ》くんがいた。

「どういうこと？」と、七海ちゃんを見た。でも、七海ちゃんは、にっと笑《わら》うだけで、グラウンドのほうへ走っていってしまった。

なんだかよくわからないけど、きっと、今日《きょう》、七海ちゃんと翼《つばさ》くんがずっと一緒《いっしょ》にいたことに、関係《かんけい》があるんだと思う。

「なあ、小川」

「は、はい」

緊張《きんちょう》して、うまくしゃべれない。

「足、だいじょうぶ？」

「う、うん。だいじょうぶ」

「あのさ、転《ころ》んだとき、助《たす》けたかったんだけど、佐藤《さとう》がいたし、先生が走ってくるのが見えたから、そのまま通り過《す》ぎちゃったんだ。ごめんな」

翼《つばさ》くん、あのとき、わたしのこと、助《たす》けようとしてくれてたんだ。う、うれしい!

「そんなの、ぜんぜん気にしなくていいのに。だって、もし、わたしのこと助《たす》けてくれてたら、一位《いちい》になれてなかったでしょ。あ、そうだ、一位《いちい》、おめでとう」

「うん。ありがとう。それで、あの、今日《きょう》、持久走《じきゅうそう》大会で優勝《ゆうしょう》したら、こ、告白《こくはく》しようと思ってたんだ」

え?

「あの、お、おれ、小川のことが、す、好《す》きなんだ」

……いま、翼《つばさ》くん、わたしのことが好《す》きって言った? 翼《つばさ》くんと両想《りょうおも》いってこと?

「えー!!」

今日《きょう》のてんびん座《ざ》は、ツイてないいんじゃなかったの? たしかに派手《はで》に転《ころ》んだけど、好《す》きな人に告白《こくはく》されるなんて、どう考えたって、ツイてるでしょ！

「い、いやだった？」

わたしは、ぶんぶんと首を横《よこ》に振《ふ》った。

「ぜんぜん、いやじゃない！　わたしも、翼《つばさ》くんのこと、す、好《す》きだから……」

「ほんとに？」

「うん。ほんと」

グラウンドのほうから、拍手《はくしゅ》が聞こえてきた。最後《さいご》のランナーがゴールしたみたい。

「そろそろ、行かないとな」

「うん」

グラウンドに戻《もど》ると、理子ちゃんがかけ寄《よ》ってきた。

「七海ちゃん、なんだった？　どうして翼《つばさ》くんと一緒《いっしょ》なの？」

わたしは、にやけた顔で、

「占《うらな》いなんて、当たらないね」

とだけ言った。

家に帰ると、お母《かあ》さんがシュークリームを用意《ようい》して待《ま》っていた。といっても、コンビニのシュークリームだったけど。お母《かあ》さんがパートを終《お》えてお店に行ったときには、もう売り切れてたんだって。

紅茶《こうちゃ》と一緒《いっしょ》に、シュークリームを食べた。持久走《じきゅうそう》でつかれた体にカスタードクリームの甘《あま》さがしみる。いろんなことがありすぎて、「完走《かんそう》したらラ・ブランジュのシュークリームを買ってもらう」という約束《やくそく》なんてすっかり忘《わす》れていた。だから、これでも十分しあわせ。

「ごちそうさま」

お皿《さら》を片《かた》づけようとキッチンに行ったら、ごみ箱《ばこ》の近くに紙くずが落《お》ちていた。拾《ひろ》ってみると、ラ・ブランジュのレシートだった。シュークリーム一個《いっこ》お買い上げだって。

「お母《かあ》さん、ラ・ブランジュのシュークリーム、買ってあるじゃん」

そう言って、お母《かあ》さんにレシートを見せたら、お母《かあ》さんの目が泳《およ》いだ。

「えっ、あっ、そう言えば、そうねえ……買ったかしら……」

「どこにあるの？」

「ああっと、それはね……」

「どこ？」

じりじりとつめ寄《よ》ると、お母《かあ》さんは、とうとうあきらめて白状《はくじょう》した。

「へへっ、食べちゃった」

「なに、それ！」

「ごめん。パートが終《お》わって、すぐにお店に行ったら、シュークリームが一個《いっこ》しか残《のこ》ってなかったの。それで、最後《さいご》の一個《いっこ》を真麻《まあさ》のために買ったんだけど、あまりにもおいしそうだったから、つい誘惑《ゆうわく》に負《ま》けちゃった。また、明日《あした》買ってくるから、ゆるして！」

まさか、お母《かあ》さんに裏切《うらぎ》られるなんて……。やっぱり、占《うらな》いって、当たるのかも。

でも、振《ふ》り回されるのは、いやだから、もう占《うらな》いなんて、見ないでおこう。

かんけり1号

嘉瀬陽介

「それでは、定刻《ていこく》となりましたので、タイムマシン完成《かんせい》の記者発表《きしゃはっぴょう》をはじめさせていただきます」

紺色《こんいろ》のスーツを着《き》たインタビュアーが丁寧《ていねい》に頭を下げた。

――タイムマシン。それは時間の流《なが》れを超《こ》えて、未来《みらい》や過去《かこ》を行き来するための装置《そうち》。何百年にもわたって研究《けんきゅう》されてきた人類《じんるい》の長年の夢《ゆめ》が、とうとう完成《かんせい》にいたったという。

「では、時間科学研究所所長《じかんかがくけんきゅうじょしょちょう》、井上《いのうえ》ユウスケ先生にご挨拶《あいさつ》をいただきたいと思います。井上《いのうえ》先生、どうぞよろしくお願《ねが》いいたします」

インタビュアーの声とともに、舞台《ぶたい》のそでから、白衣《はくい》を着《き》た四十代《よんじゅうだい》なかばの男性《だんせい》が登場《とうじょう》した。マスコミが大挙《たいきょ》して押《お》しかけているからだろう。眉間《みけん》にしわを寄《よ》せ、かなり緊張《きんちょう》しているようだ。

「井上《いのうえ》ユウスケと申《もう》します。よろしくお願《ねが》いいたします」

会場に大きな拍手《はくしゅ》が起《お》こった。井上《いのうえ》はマイクを手に持《も》ったまままかるく会釈《えしゃく》すると、厳《おごそ》かに話しはじめた。

「このたび、当研究所《とうけんきゅうじょ》は、タイムマシンの開発《かいはつ》に成功《せいこう》いたしました。今後、実用化《じつようか》に向《む》けて、さまざまな実験《じっけん》をおこなってまいります。——ということで、早速《さっそく》ご紹介《しょうかい》いたしましょう。『かんけり1号《ごう》』です」

井上《いのうえ》が右手を広げ、後ろを振《ふ》り向《む》いた瞬間《しゅんかん》、背後《はいご》にあった深紅《しんく》のたれ幕《まく》が落《お》ちた。そして、その向《む》こう側《がわ》に現《あらわ》れた大きな装置《そうち》にスポットライトが当たった。タイムマシンは、高さ三メートル、直径《ちょっけい》二メートルほどの白色の円柱《えんちゅう》で、下部《かぶ》に入口らしいハッチがある。

「おおーっ!」

記者《きしゃ》たちのあいだに大きなざわめきが起《お》こった。と同時に、カメラのシャッター音が響《ひび》き、フラッシュの光がまたたく。

「本日は、皆様方《みなさまがた》から事前《じぜん》にいただいた質問票《しつもんひょう》を元に、わたくし、毎朝新聞《まいちょうしんぶん》の板津《いたづ》が、代表《だいひょう》してインタビューさせていただきます」

インタビュアーが、ふたたび丁寧《ていねい》に頭を下げ、上げた顔をとなりに向《む》けた。

「では、最初《さいしょ》の質問《しつもん》です。――タイムマシンの仕組《しく》みについてお教えください」

井上《いのうえ》はマイクを口に近づけ神妙《しんみょう》な面持《おもも》ちで答えた。

「まず人間の体を分子化《ぶんしか》します。この分子化《ぶんしか》したものを、転送装置《てんそうそうち》を使《つか》って時間のゆがみに送《おく》りこみます。そしてこの送《おく》りこんだものを……」

井上《いのうえ》は記者団《きしゃだん》を見回して、ふっと笑《わら》った。

「――これ以上説明《いじょうせつめい》しようとすると、一週間くらいかかってしまいますが、続《つづ》けてもよろしいでしょうか？」

会場はどっとわき、井上《いのうえ》が笑顔《えがお》でマイクを下ろした。

「申《もう》し訳《わけ》ありません。この会場は二時間しか使《つか》えないので、さすがに……」

インタビュアーの言葉《ことば》に、ふたたび会場が笑《わら》いにつつまれた。

「では、つぎの質問《しつもん》です。――タイムマシンの名前は『かんけり1号《ごう》』ということですが、なにか特別《とくべつ》な由来《ゆらい》があるのでしょうか？」

井上《いのうえ》は、ふたたびマイクを口に近づけ、なにかを懐《なつ》かしむような目を遠くへ向《む》けた。

小学五年生のときだから、あれはもう三十五年も前のことになる。

井上《いのうえ》ユウスケと同じクラスに、池山《いけやま》ハルキという男の子がいた。ユウスケとハルキは一年生からずっと一緒《いっしょ》のクラスで、不思議《ふしぎ》なくらい気が合った。

ユウスケは、ハルキのことを『ハル』と呼《よ》び、ハルキはユウスケのことを『あーくん』と呼《よ》んだ。ユウスケの名前は「あきら」でもなければ「あつし」でもない。なのに、どうして『あーくん』なのか。ハルキによると、五十音で「い」の上は、「あ」だから『あーくん』なのだそうだ。

その日、ユウスケとハルキは、小さな公園のベンチに並《なら》んで座《すわ》っていた。

「ねえ、あーくん。あーくんは大きくなったら、なにになりたい？」

とくに得意《とくい》なこともなかったし、好《す》きなこともなかった。だから、ユウスケは自分の将来《しょうらい》のことを、具体的《ぐたいてき》に考えたことはなかった。だけど、なにも答えないのはカッコ悪《わる》い。

「科学者《かがくしゃ》になりたい」

ユウスケは、なんとなく思いついたことを口にした。

『科学者《かがくしゃ》』という響《ひび》きがかっこよかったから言ってみただけだ。正直、科学者《かがくしゃ》というとロボットやロケットを作る人、その程度《ていど》のイメージしかもっていなかった。

「科学って言ってもいろいろあるよ。物理学《ぶつりがく》、医学《いがく》、生理学《せいりがく》……、天文学《てんもんがく》だって科学だよ。あーくんは、なんの科学者《かがくしゃ》になりたいの？」

ハルキは頭のいい子で、いろいろな分野のことをたくさん知っていた。ユウスケは、幼《おさな》い子どもをさとすようなハルキの口調《くちょう》に、少し反感《はんかん》をもった。

「科学者《かがくしゃ》は、科学者《かがくしゃ》だ」

「くふふふ、あーくんらしいや」

大人《おとな》っぽく笑《わら》うハルキに目をやり、ユウスケは不満《ふまん》そうに唇《くちびる》をとがらせた。

「ハルはどうなんだよ」

「そうだなあ、オレはいろいろ調《しら》べたり、文章《ぶんしょう》を書いたりすることが好《す》きだから、作家かな」

ハルキはよく本を読み、文章《ぶんしょう》を書いていた。少し前にハルキの書いた小説《しょうせつ》を読んだことがあるが、とうてい自分と同い年の少年が書いたとは思えない、むずかしすぎて、理《り》解《かい》できない内容《ないよう》だった。

「ハルならなれるよ」

「そうかな。ありがとう」

ハルキがユウスケにうれしそうな笑顔《えがお》を向《む》けたとき、

「そこの空き地で缶蹴《かんけ》りをやるんだけど、おまえらもやろうぜ」

同じクラスの山下《やました》ソウタロウに声をかけられた。

「うん！」

ユウスケとハルキは顔を見合わせて首を縦《たて》に振《ふ》った。

缶蹴《かんけ》りというのは、ひとりが蹴《け》り飛《と》ばした空《あ》き缶《かん》を、オニが元の場所《ばしょ》に戻《もど》すあいだにみんながかくれる、かくれんぼのような遊《あそ》びだ。オニはかくれている人を見つけるたびに名前を呼《よ》んで缶《かん》を踏《ふ》む。かくれている人を全員《ぜんいん》見つけたらオニの勝《か》ちだし、オニに見つかる前に、見つかっていない人が缶《かん》を蹴《け》ればかくれていた側《がわ》の勝《か》ちになる。

住宅街《じゅうたくがい》の真《ま》ん中《なか》に子どもたちのたまり場になっている空き地があり、学校の友だちが集《あつ》まれば、いつも当然《とうぜん》のように缶蹴《かんけ》りがはじまった。

最初《さいしょ》のオニはハルキだ。

「いっくぞお」

ソウタロウが、思い切り缶《かん》を蹴《け》る。

カーン！

オニ以外《いがい》の四人のメンバーが、四方八方、いっせいに走りだす。

ハルキが転《ころ》がった缶《かん》を元の位置《いち》に戻《もど》し、あたりに注意《ちゅうい》を払《はら》いながらみんなをさがしはじめた。

しんと静《しず》まり返《かえ》る空き地。

「缶《かん》から離《はな》れろ！」

どこからかソウタロウの声がした。

ハルキが声の方向《ほうこう》に目を向《む》け、きょろきょろとまわりをさぐっている。しかし、缶《かん》から離《はな》れすぎると蹴《け》られる心配《しんぱい》があるので、なかなか離《はな》れられない。

あちこちの家から夕飯《ゆうはん》の香《かお》りがただよい、包丁《ほうちょう》でまな板《いた》をたたく音やテレビの音が聞こえてくる。ライトブルーの山《やま》の端《は》に、夕焼《ゆうや》けの赤がにじみはじめている。

ユウスケと唐沢《からさわ》レンヤと秋山《あきやま》シュンの三人は、空き地に隣接《りんせつ》する家のかげに身《み》をひそめていた。その家の窓《まど》から、カレーの香《かお》りがただよってくる。

「いいにおい」

「腹減《はらへ》ったなあ」

クー。

がまんできないとばかりに腹《はら》が鳴った。早く家に帰りたくなった。だけど缶蹴《かんけ》りははじまったばかりで、すぐには終《お》わりそうもない。

そのとき、ユウスケの脳裏《のうり》によからぬ考えがうかんだ。

たが、家の中はしんとしたまま、誰《だれ》も出てこなかった。

留守《るす》なのかな？　いつもだったらユウスケがチャイムを鳴らすと、ハルキがすぐに姿《すがた》を現《あらわ》した。誰《だれ》も出てこなかったことは、過去《かこ》に一度《いちど》もない。

昨日《きのう》のことを怒《おこ》っているのだろうか？

寂《さみ》しさと不安《ふあん》が募《つの》り、いつの間にか目に涙《なみだ》がたまっていた。

ユウスケはとぼとぼと、いま来た道を引き返《かえ》す。

「泣《な》かなくてもだいじょうぶだよ」

とつぜん見ず知らずのおじさんに声をかけられ、びくっと肩《かた》を震《ふる》わせた。

そして、足早に立ち去《さ》るおじさんの後ろ姿《すがた》をにらむように見つめた。

（なんだ、あのおじさん。なんにも知らないくせに……）

缶蹴《かんけ》りをしたのは昨日《きのう》のことなのに、なんだかずっと昔《むかし》のことのように感《かん》じられる。

翌日《よくじつ》もハルキは学校に来なかった。

そのまま一週間が過《す》ぎ、夏休みになった。クラスメイトたちは、はじめのうちこそ心《しん》

配《ぱい》していたが、夏休みに入ると、ハルキのことを話題《わだい》にしなくなった。また、ハルキの家族《かぞく》について近所《きんじょ》でいろいろなうわさがたったが、真相《しんそう》はわからずじまいだった。

自分が裏切《うらぎ》った翌日《よくじつ》からハルキがいなくなった。

小学校を卒業《そつぎょう》し、中学生になり、高校生になり、大学生、社会人になっても、井上《いのうえ》はこのときのことを思い出しては、ずっと後悔《こうかい》していた。

「その出来事《できごと》がタイムマシンとどのような関係《かんけい》があるのですか?」

インタビュアーがきいた。

「過去《かこ》に戻《もど》って、あの日をやり直したい。その一心で研究《けんきゅう》に没頭《ぼっとう》したんです」

「なるほど、後悔《こうかい》の念《ねん》をはらすためにタイムマシンを完成《かんせい》させた。タイムマシンが缶《かん》の形をしているのもそのためですね?」

「そうです」

井上《いのうえ》がうなずいた。

「それで井上《いのうえ》先生は、このタイムマシンを使《つか》って過去《かこ》に行かれたのでしょうか？」

「はい。検証《けんしょう》する必要《ひつよう》がありましたからね」

「おおおーっ」

会場がどよめいた。

「つまり、検証《けんしょう》は成功《せいこう》したのですね。ということは、もうすぐ時間旅行《りょこう》を楽しめる時代《じだい》がやって来る？」

「はい」

誇《ほこ》らしげに首を縦《たて》に振《ふ》った井上《いのうえ》は言葉《ことば》を続《つづ》けた。

「ただし、誰《だれ》でも、自由《じゆう》に行けるわけではありません。法整備《ほうせいび》が必要《ひつよう》になるでしょうからね」

タイムマシンが発明《はつめい》されたからといって、誰《だれ》も彼《かれ》もが、自由《じゆう》にタイムマシンを使《つか》えるわけではない。知らぬ間に過去《かこ》を変《か》えてしまうおそれがあるからだ。過去《かこ》を変《か》えることは、現在《げんざい》を変《か》えることになる。たとえば、誰《だれ》かが一五八二年の本能寺《ほんのうじ》に戻《もど》って織田信長《おだのぶなが》を助《たす》けたら、その後の歴史《れきし》はまったく変《か》わってしまうだろう。タイムマシンを実用化《じつようか》するためには、やっていいことと、いけないことを明確《めいかく》にした新しい法律《ほうりつ》を作る必要《ひつよう》があるのだ。

「それで過去《かこ》はいかがでしたか。後悔《こうかい》は払拭《ふっしょく》できましたか？」

「はい」

「ぜひそのお話をお聞かせください」

井上《いのうえ》は、ふたたび遠くを見た。


「よし、完成《かんせい》だ」

タイムマシンのハッチを開《ひら》き、ゆっくりと中に入った。椅子《いす》に腰《こし》かけ、計器《けいき》の数字をひとつひとつ慎重《しんちょう》にセットする。

○○○○年7月13日18時

そして、大きく深呼吸《しんこきゅう》をすると、メインスイッチをONにした。

ウイーンウイーン、ゴッゴッゴッ……。

轟音《ごうおん》とともに装置《そうち》が激《はげ》しく揺《ゆ》れる。

キュイーーーーーン。

目の前の装置《そうち》が伸《の》びたり縮《ちぢ》んだり、視界《しかい》が大きくゆがむ。同じ場所《ばしょ》を何十回も、くるくる回ったあとのような気分だ。

一分ほどすると、激《はげ》しかった音や揺《ゆ》れがぴたりと止まり、装置《そうち》の中はしんと静《しず》まり返《かえ》った。――どうやら到着《とうちゃく》したようだ。

ハッチを開《ひら》いて外に出た。

古い家々、舗装《ほそう》されていない道、青々とした緑《みどり》……、記憶《きおく》の中のセピア色だった景色《けしき》が、いま目の前に色鮮《いろあざ》やかに広がっている。

全身《ぜんしん》に熱《あつ》いものがこみ上げてきた。

記憶《きおく》を頼《たよ》りに、子どもの頃《ころ》によく遊《あそ》んでいた空き地に向《む》かった。

「缶《かん》から離《はな》れろ！」

懐《なつ》かしいソウタロウの声がして、缶《かん》のそばにハルキがいた。ハルキは缶《かん》から三メートルほど離《はな》れたところで、周囲《しゅうい》をきょろきょろうかがっている。

ハル！

名前《なまえ》を呼《よ》びそうになってぐっとこらえた。ハルキに声をかけたところで怖《こわ》がられるだけだ。

空き地の脇《わき》の家のかげに五年生の自分がいて、レンヤとシュンと三人でなにかを話し合っている。三人がいっせいに散《ち》らばった。まずい、ハルキを裏切《うらぎ》らないよう急《いそ》いで呼《よ》び止めなければ。歴史《れきし》を変《か》えてはいけないが、この程度《ていど》のことなら問題《もんだい》ないだろう。

走りだそうとしたとき、空き地にハルキのお母《かあ》さんが現《あらわ》れた。

えっ、なにをしに来たんだ？

ハルキのお母《かあ》さんは、ハルキにかけ寄《よ》ると、その手を引っぱって空き地から立ち去《さ》ってしまった。

一本の缶《かん》を残《のこ》し、人っ子ひとりいなくなった空き地。聞こえるのは風の音だけだ。

井上《いのうえ》はしばらく呆然《ぼうぜん》としていたが、我《われ》に返《かえ》ってハルキの家に向《む》かって走った。

ハルキたち家族《かぞく》は自動車《じどうしゃ》に乗《の》りこむところだった。

「ほら、あいつらが来る前に急《いそ》いで！」

ハルキの父親はあたりを見回し、そそくさと運転席《うんてんせき》に乗《の》り込《こ》んだ。そして、家族《かぞく》を乗《の》せて、逃《に》げるように走り去《さ》った。そのあとすぐに黒塗《くろぬ》りの車が現《あらわ》れ、ハルキの家の前で止まった。車の中から数人の男が飛《と》び出してきて、悔《くや》しげな顔をその家に向《む》けた。

「ちくしょう、車がない。逃《に》げやがった！」

——そうか、ハルキたちは借金取《しゃっきんと》りから逃《に》げたのか。それでそのままどこか遠くへ行って身《み》をひそめた。そうに違《ちが》いない。

いつの間にか、景色《けしき》はブルー一色になっていた。

かんけり1号《ごう》はソーラーシステムを採用《さいよう》している。フル充電《じゅうでん》には六時間ほどかかり、明日《あした》にならないと充電《じゅうでん》は終《お》わらない。フル充電《じゅうでん》しても移動《いどう》できるのは一度《いちど》きりだ。

タイムマシンに戻《もど》って、明日《あした》出直そう。

かんけり1号《ごう》の中で眠《ねむ》りにつき、翌日《よくじつ》ふたたびハルキの家に向《む》かった。

午後になると、不安《ふあん》げな顔をした自分がやって来て、何度《なんど》も何度《なんど》も玄関《げんかん》のチャイムを鳴らした。

ハルキの家をあとにした自分を追《お》いかけて、思わず声をかける。

「泣《な》かなくてもだいじょうぶだよ」

ハルキがいなくなったのは、おまえのせいじゃない。

記者発表《きしゃはっぴょう》の会場に、大きな拍手《はくしゅ》がわき起《お》こった。

「わたしにも後悔《こうかい》があります。タイムマシンで修正《しゅうせい》できたらどんなにいいでしょう」

インタビュアーがしんみりと言う。

「そうですね。人生に悔《く》いのない人などいないでしょうからね」

井上《いのうえ》が静《しず》かに笑《わら》うと、インタビュアーはくるっと向《む》きを変《か》えて舞台《ぶたい》のそでに向《む》かって歩きはじめた。そして、置《お》いてあったカバンの中から一本の缶《かん》を取《と》り出して床《ゆか》に置《お》いた。

なにごとかと静《しず》かになる会場。

ゆっくりと顔を上げて缶《かん》を踏《ふ》むインタビュアー。その表情《ひょうじょう》は笑《わら》っているようでもあり、泣《な》いているようでもあった。

「あーくん、見っけ」

かすかに声が震《ふる》えている。

目を丸くする井上《いのうえ》の手からマイクがすべり落《お》ち、床《ゆか》の上に転《ころ》がった。

「まさか、でも……」

インタビュアーの首に下がるネームプレートに、井上《いのうえ》が目を向《む》ける。

「あのあと両親《りょうしん》が離婚《りこん》してね、母方の姓《せい》になったんだ。オレは池山ハルキ。ハルだよ」

あの日以来《いらい》、井上《いのうえ》はいろいろな手段《しゅだん》を使《つか》ってハルキをさがした。だが、名前を変《か》え、身《み》をかくして暮《く》らしていたからだろう。その痕跡《こんせき》はいっさい見つからなかった。

「ごめんな。見つけるのに三十五年もかかっちゃった」

井上《いのうえ》は息《いき》をのみ、少しのあいだ言葉《ことば》を失《うしな》っていたが、右手で目頭を押《お》さえ、言葉《ことば》にならない言葉《ことば》を発《はっ》した。

「いいや、こっちこそ、缶蹴《かんけ》りの途中《とちゅう》で家に帰ってごめん」

二人のあいだに静《しず》かな空気が流《なが》れる。

「あーくん！」

「ハル！」

かたく抱《だ》き合った二人は、記者《きしゃ》たちからの惜《お》しみない拍手《はくしゅ》と、無数《むすう》のフラッシュにつつまれたのだった。

エターナル

宮下恵茉

信《しん》じらんない、マジありえない。

結婚《けっこん》して、永遠《えいえん》の愛《あい》を誓《ちか》ったのに、好《す》きな人ができたって、意味《いみ》わかんない。

これはママに対《たい》しての……、ううん、それだけじゃない。わたしに対《たい》しても重大《じゅうだい》な裏《うら》切《ぎ》り。だから、絶対《ぜったい》に許《ゆる》さない！

「……ねっ、そう思うでしょ！」

部活後《ぶかつご》の帰り道。いつも立ち寄《よ》るコンビニ裏《うら》の謎《なぞ》スペースにて。銀色《ぎんいろ》の車止めに浅《あさ》く腰《こし》かけて、十円引きになったコロッケをほおばる倉田真帆《くらたまほ》に、わたしはつめ寄《よ》った。

真帆《まほ》は口の中でコロッケをもぐもぐして、「う〜ん……」とためてから、「なんで？」と首をかたむけた。

「なんでって……、今の話聞いてたでしょ⁉」

畠中永遠《はたなかとわ》、依田川《よだがわ》中学二年バドミントン部《ぶ》。パパは、畠中友佑《はたなかゆうすけ》四十三歳《さい》。それから茶トラのミーコさん七歳《さい》をあわせ、わたしたちはふたりと一匹《いっぴき》の家族《かぞく》だ。

わたしのママ・畠中麻美《はたなかあさみ》は、わたしが一歳《さい》のときに病気《びょうき》で亡《な》くなった。生きていたら

今は四十歳《さい》、になってるはずだった。

パパとママの出会いは、同じ大学の部活《ぶかつ》で。入学式《にゅうがくしき》の日に、パパがママにひとめぼれして、男子ラクロス部《ぶ》のマネージャーになかば強引に勧誘《かんゆう》したそうだ。

で、その年の夏の合宿《がっしゅく》をきっかけに、ふたりはつき合いだしたらしい。その後、ママが大学を卒業《そつぎょう》した三年後に結婚《けっこん》して、その翌年《よくとし》にわたしが生まれたんだって。

わたしの名前は、『将来《しょうらい》、結婚《けっこん》してふたりの子どもが生まれたら、男の子でも、女の子でも、〝永遠《とわ》〟って名前にしよう』って学生の頃《ころ》から決《き》めてたそうだ。

ふたりの愛《あい》は永遠《えいえん》（エターナル）だから。

――うーん、少女まんがみたい！

なんでわたしがこんなにふたりのことにくわしいかっていうと、ママは亡《な》くなる前にわたし宛《あて》にたくさんの手紙を書いてくれていたから。

その手紙は毎年わたしの誕生日《たんじょうび》に渡《わた》されるんだけど、十歳《さい》を過《す》ぎたあたりから、それまでのバースデーカードじゃなくて手紙になった。

そこには、パパとの出会いからはじまって、ふたりがどれだけ愛《あい》し合っていたのか、その愛《あい》の結晶《けっしょう》であるわたしのことも、どれだけ宝物《たからもの》のように思っていたかが、かわいらしい丸っこい字でつづられていて、最後《さいご》は『いつでも見守《みまも》ってるよ』で締《し》めくくられている。

ちなみにママは、自分がこの先長く生きられないってわかってから、わたしが二十歳《はたち》になるまでの手紙をせっせと書いてくれたみたいで、パパがすべて大事《だいじ》に保管《ほかん》している。

……あ、言いながら泣《な》けてきた。

「……でね?!」

わたしは手の中のコロッケを、にぎりつぶしそうな勢《いきお》いで続《つづ》けた。

「このあいだ、ママの十三回忌《かいき》があったの！　ほら、わたしが部活《ぶかつ》休んだときあったじゃん」

「あー、お守《まも》りくれたときのやつだよね。『無事《ぶじ》カエル』ってビミョウなダジャレの」

真帆《まほ》が地面《じめん》に置《お》いたリュックを持《も》ち上げ、じゃらじゃらぶら下がってる交通安全守《あんぜんまもり》から、おせじにも可愛《かわい》いとは言えないカエルのイラストがついたお守《まも》りを指《ゆび》さす。

法事《ほうじ》をしたお寺の境内《けいだい》に売ってたから、お土産代《みやげが》わりに買ってきたやつ。

真帆《まほ》は交通安全守《あんぜんまもり》フェチだから買ってきてあげたのに、『ビミョウなダジャレ』とか言うな。わたしがすべったみたいじゃん！

そう思ったけど、わたしはそれには言い返《かえ》さずに「その帰りに、パパが言ったんだよ」と続《つづ》けた。


「好《す》きな人ができた」

道の駅《えき》で、オムそばを食べてたら、急《きゅう》に。

（スキナヒト？）

わたしは、おはしで口に運《はこ》ぼうとしていたオムそばを、いったんお皿《さら》に戻《もど》してからたずねた。

「……好《す》きな人って、誰《だれ》の？」

ずいぶん間の抜《ぬ》けた質問《しつもん》だったと思う。けど、わからなかったのだ、本当に。

パパは、ぐびりと水を飲《の》みほしてからひと息《いき》に言った。

「パパの」

……え、ちょっと待《ま》って。

今、好《す》きな人って言った？

好《す》きって恋愛《れんあい》の好《す》きってこと？

わたしはおはしをお皿《さら》に置《お》いて、まじまじとパパを見た。

頭のてっぺんあたりにところどころ生えてる白髪《しらが》。目の下にある、涙袋《なみだぶくろ》とはあきらかにちがうクマ。今日《きょう》は法事《ほうじ》帰りで黒いスーツ姿《すがた》だから、余計《よけい》におじさんに見える。

なのに、そのパパに好《す》きな人？？

わたしは、ブハッとふき出した。

「なにそれ。やめてよ～、なんのギャグ？」

わたしは笑《わら》ってオムそばを食べはじめた。だけど、パパは自分のカツ丼《どん》に手をつけず、ずっと黙《だま》っている。

「ねえ、ぜんっぜんおもしろくないんだけど！　なんで急《きゅう》にそんなこと言うのか意味不《いみふ》明《めい》。しかも、ママの十三回忌《かいき》の帰りだよ？」

押《お》し黙《だま》るパパにしびれを切らし、半分くらい食べ終《お》えたところでそう言ったら、パパはうなるように言った。

「……十三回忌《かいき》だからだよ。その区切《くぎ》りで言おうって思ってた」

「……は？　ガチで？」

わたしはおはしを置《お》いて、さっきのパパみたいにぐびりと水を飲《の》んだ。

そしたら、パパが、ぽつりぽつりと語りだした。

相手《あいて》は同じ会社の人で、パパより二つ下の四十一歳《さい》。川下弥生《かわもとやよい》さんって名前なんだそうだ。一昨年《おととし》、中途《ちゅうと》入社してきたらしくて、つき合いだしたのは去年《きょねん》から。紹介《しょうかい》したいので、一度《いちど》わたしに、会ってほしいんだという。

「無理《むり》」

わたしは、おはしをつかんでふたたびオムそばを食べはじめた。

去年《きょねん》からつき合ってた？　そんなの、ぜんぜん気がつかなかった。だってそんな素振《そぶ》りまったく見せなかったし。

でも、そう言われてみれば、去年《きょねん》のわたしの誕生日《たんじょうび》、聞いたこともないおしゃれなケーキ屋《や》さんのタルトを買ってきたし、知らないあいだにおしゃれなデザインのくつ下が増《ふ》えていた。

あれって、そのつき合いだした人が選《えら》んだわけ？

毎朝、赤ちゃんのわたしを抱《だ》いたママの写真《しゃしん》に手を合わせてるのに？

（最低《さいてい》）

わたしはわざとズルズル音をたてて、オムそばを食べた。もうなんにも聞こえませんよって意味《いみ》をこめて。なのに、パパはかまわず続《つづ》ける。

「あのさ、すごくいい人なんだ。会えばトワもきっと好《す》きになると思う。将来《しょうらい》のことはまだわからないけど、まずトワに会ってもらって、それから時間をかけて……」

「……裏切者《うらぎりもの》」

わたしはオムそばを口に入れたまま、パパをにらみつけた。

「ふたりの気持《きも》ちは永遠《えいえん》に変《か》わらないって、ママと誓《ちか》ったのに！　だからわたしの名前をトワにしたんじゃないの?!　なのに、それって裏切《うらぎ》りじゃん！　わたし、絶対許《ぜったいゆる》さないから！」

最後《さいご》は、だーだーと流《なが》れてきた涙《なみだ》と、口の中のオムそばで、たぶん言葉《ことば》になってなかったと思う。泣《な》きながらオムそばを完食《かんしょく》したわたしとは反対《はんたい》に、パパは、最後《さいご》までカツ丼《どん》に手をつけず、うなだれていた。


「……で、それからずうっとパパのこと、完無視《かんむし》してんの！」

わたしの言葉《ことば》に、真帆《まほ》がギョッとした。

「え、けっこう長くない？　部活《ぶかつ》休んだのって先々週くらいだよね？」

「長いよ。それだけわたしの怒《いか》りが激《はげ》しいってこと！」

この話を早く真帆《まほ》に直接《ちょくせつ》会ってしたかったのに、なかなかふたりになれなくて、今日《きょう》やっと言うことができた。だってこんな話、スマホじゃ無理《むり》だもん。

真帆《まほ》なら絶対《ぜったい》わかってくれる。そう思ってた。

なぜなら、真帆《まほ》んちも、うちと同じ父子家庭《かてい》だから。親が離婚《りこん》してる友だちはほかにもいるけど、父親とふたりって子は、まわりになかなかいない。

真帆《まほ》は中一のとき引《ひ》っ越《こ》してきて、わたしの席《せき》のとなりになった。背《せ》が低《ひく》くて目がちょっと離《はな》れてて、見た目は子どもっぽいのに、言うことがけっこう大人《おとな》びてるところがおもしろくて、すぐに仲良《なかよ》くなった。で、いろいろしゃべっているうちに、おたがいの家庭環境《かていかんきょう》がめっちゃ似《に》てることがわかって、ますます仲良《なかよ》くなった。

おたがいの家に泊《と》まりっこしたこともあるし、パパのことも知ってる。だから、真帆《まほ》も一緒《いっしょ》になって怒《おこ》ってくれるって思ったのに。

ひと足先にコロッケを食べ終《お》えた真帆《まほ》が、空になった袋《ふくろ》を小さくおりたたみ、ジャージのポケットに入れてから、「ふうん」とつぶやいた。

「そんなにいやなんだ？」

わたしは、びっくりして言い返《かえ》した。

「そりゃあ、いやでしょうよ！　ってか、さっきからなんなの？　わたしんちの一大事《いちだいじ》なのに、ぜんぜん興味《きょうみ》なさそうじゃん！」

「いや、そうじゃないけどさ、父親に好《す》きな人ができたら、どうして裏切者《うらぎりもの》になるのかよくわかんなくて。だってトワのパパも、相手《あいて》の人も、独身《どくしん》なんでしょ？　恋人《こいびと》がいてもべつにいいじゃん」

真帆《まほ》が、ポケットに手を入れたまま口をとがらせる。

（えー、なんでわかってくれないの?!）

真帆《まほ》のくちびるのはしっこにコロッケのかけらがくっついてたけど、腹《はら》が立つから言わないでおいた。

真帆《まほ》のパパは、いかにもやさしそうなくまさんみたいなパパだ。

家でデザインの仕事《しごと》をしているらしくて、うちのパパと違《ちが》って、料理《りょうり》がめっちゃ上手。泊《と》まりに行ったときは、デザートまで手作りだった。家はいつもきちんと片《かた》づいていて、おしゃれな家具《かぐ》が並《なら》んでる。

真帆《まほ》んちは、おかあさんがいなくても困《こま》ることなんてなさそうだし（いや、うちだって困《こま》ってるわけじゃないけどさ）、真帆《まほ》のパパみたいな人は、きっと再婚《さいこん》なんて考えもしないはずだ。

パパに彼女《かのじょ》ができたのも悲《かな》しいけど、真帆《まほ》がわたしの気持《きも》ちをわかってくれないことも悲《かな》しすぎる。なんか、二重《にじゅう》に裏切《うらぎ》られた気持《きも》ちだよ！

「そりゃあ真帆《まほ》んとこは、パパに恋人《こいびと》なんていないから、そんなこと言うんだよ。もしわたしと同じ立場になったら絶対《ぜったい》ショック受《う》けるよ！」

言いながら、泣《な》きそうになる。

すると、真帆《まほ》は間の抜《ぬ》けた顔で「へ？」と言った。

「あのさ、うちのとうちゃんにも、恋人《こいびと》いるよ？」

え？

今度《こんど》は、わたしがぽかんとする番だった。

うそ。あのくまさんみたいな真帆《まほ》パパに？

「ほら、前に、うちに泊《と》まりに来たとき、トワにもちゃんと紹介《しょうかい》したじゃん」

（そうだっけ？）

わたしは、うーんと考えこんだ。泊《と》まりに行ったのは、先月の三連休《さんれんきゅう》のときだ。けど、真帆《まほ》パパの恋人《こいびと》なんていなかった。庭《にわ》でバーベキューしてくれて、夏にしそびれたやつだけどって、季節《きせつ》はずれの花火をした。そのあと、四人で近所《きんじょ》のコンビニにアイスを買いに行ったっけ。

……四人？

そうそう、あのとき、真帆《まほ》パパとそっくりな、くまさんみたいなおじさんも一緒《いっしょ》だった。ふたり並《なら》んだらふたごみたいで、英語《えいご》の教科書に出てくる『不思議《ふしぎ》の国のアリス』のトゥイードルダムとトゥイードルディーみたいだって爆笑《ばくしょう》したのは覚《おぼ》えてるけど……。

「紹介《しょうかい》されたのって、真帆《まほ》パパの仕事関係《しごとかんけい》の人じゃなかった？」

わたしが言うと、真帆《まほ》は「はっ？」と眉《まゆ》を寄《よ》せた。

「ケンちゃんは、とうちゃんの仕事《しごと》とはぜんぜん関係《かんけい》ないよ？　整体師《せいたいし》さんだもん」

「でもあのとき、真帆《まほ》はあの人のこと、とうちゃんのパートナーって……」

そこでわたしは、アッと声をあげた。

パートナーって……、もしかして恋人《こいびと》とか、結婚相手《けっこんあいて》とか、そういう意味《いみ》？

わたし、勝手《かって》に仕事《しごと》のパートナーってことだと思ってた！

「え、でも、あの、だって、じゃあ……」

わたしが意味不明《いみふめい》なことを言ってあわあわしていたら、真帆《まほ》はプッとふき出した。

「なあんだ。意外《いがい》とびっくりしないから、トワは特別《とくべつ》なことだと思ってないんだねって

とうちゃんと言ってたんだけど。単《たん》にかんちがいしてただけだったんだね」

真帆《まほ》が、おかしそうに笑《わら》う。

「あの、えっと、ごめん……」

なんて言っていいかわからなくて、そう謝《あやま》ると「いや、謝《あやま》られても」とまた笑《わら》った。

「ちなみにさあ」

真帆《まほ》はくすくす笑《わら》いながら、くくっていた髪《かみ》を、一度《いちど》ほどいて言った。

「とうちゃんって、わたしのホントの父親じゃないんだよね」

「えっ」

わたしは今日《きょう》何度《なんど》目かの「えっ」をくり返《かえ》して、口を開《ひら》いた。きっと、すごく間の抜《ぬ》けた顔をしていたと思う。

真帆《まほ》が頭のてっぺんでぎゅっと髪《かみ》をむすんでから、わたしに向《む》き直る。

「とうちゃんの名前さ、冬馬《とうま》っていうの。だから、とうちゃん。わたしのホントの両親《りょうしん》は、交通事故《じこ》で死《し》んじゃったの。おじいちゃんとおばあちゃんも一緒《いっしょ》に」

真帆《まほ》が、あっけらかんと言う。まるで、金魚すくいでゲットした金魚が全滅《ぜんめつ》しちゃった、みたいなテンションで。

「えっと、それって最近《さいきん》……？」

おそるおそるたずねたら、真帆《まほ》はううんと首を横《よこ》に振《ふ》った。

「わたしが赤ちゃんの頃《ころ》。みんなでドライブに行った帰りに、トラックに追突《ついとつ》されたんだって」

聞けば、真帆《まほ》だけがチャイルドシートに守《まも》られて、奇跡的《きせきてき》に無傷《むきず》だったそうだ。

「とうちゃんは、わたしの母親の弟。ホントはわたしの叔父《おじ》さんなんだよ。それまで家《か》族《ぞく》とは疎遠《そえん》で、別《べつ》の街《まち》で暮《く》らしてたみたいなんだけど、いきなりひとりぼっちになったわたしを、とうちゃんが引き取《と》って育《そだ》ててくれたんだ」

「……そう、なんだ」

わたしは、すっかり冷《さ》めた十円引きのコロッケに目を落《お》とし、それから真帆《まほ》を見た。

真帆《まほ》が、しいたけが嫌《きら》いなことは知ってる。絵を描《か》かせたら、画伯《がはく》すぎることも。

だけど、家族《かぞく》のことはなんにも知らなかった。

もちろん、家族《かぞく》がどうであれ、真帆《まほ》は真帆《まほ》なんだけど。

「でさ、さっきの話！」

真帆《まほ》は空気を切るように、パンと両手《りょうて》をたたいて、わたしを見た。

「トワのパパとママは、永遠《えいえん》の愛《あい》を誓《ちか》った。けど、時間が流《なが》れて、パパに新しく好《す》きな人ができた。だよね？」

わたしは黙《だま》ってうなずいた。

「でも、それは裏切《うらぎ》りじゃないんじゃない？　だってさあ、トワのママは死《し》んじゃったけど、パパは生きてるんだもん。変《か》わってしまうのは、しかたなくない？」

「……そう、だけど」

わかってる。頭では、わかってるんだけど……。なんだろう。あとひと押《お》し、なにかがわたしの胸《むね》の奥《おく》につかえてる。ほんの小さな、かけらが。

「トワのパパに新しく好《す》きな人ができても、ふたりが永遠《えいえん》の愛《あい》を誓《ちか》ったことは変《か》わらないよ。トワがふたりの宝物《たからもの》であることも。だから、裏切《うらぎ》られたなんて思わなくていいんだって」

（……そっか。そうなんだ）

わたしの心の中でつっかえていたなにかが、ころんと落《お》ちた感《かん》じがした。

本当は、わかってた。いつか、こんな日が来るってこと。

だって、ママの手紙に書いてあった。

『いつか、パパに好《す》きな人ができたら、応援《おうえん》してあげてね』って。

ママはいつも透明《とうめい》で、わたしの前に姿《すがた》を現《あらわ》さないけれど、わたしとパパのあいだにいる。パパに好《す》きな人ができても、ママが消《き》えるわけじゃないんだ。ふたりに愛《あい》されて生《う》まれてきたわたしが消《き》えることも。

「だったらさ、今度《こんど》はわたしがトワんちに泊《と》まりにいくから、そのとき、トワパパの恋《こい》人《びと》を紹介《しょうかい》してよ」

真帆《まほ》が、わたしの肩《かた》を押《お》す。片手《かたて》にコロッケを持《も》ったままだからか、腰《こし》かけていた車止めからずり落《お》ちそうになる。仕返《しかえ》しに、今度《こんど》はわたしが真帆《まほ》の肩《かた》を押《お》し返《かえ》した。

「いや、早いって。そもそも、まだどんな人か会ってないんだから」

その言葉《ことば》に、真帆《まほ》がニヤッと笑《わら》った。

口のはしに、まだコロッケのかけらがついてる。

「それならさっさと会ってきてよ。それで、またうちでバーベキューする？　おたがいのパパの恋人《こいびと》こみで」

「わかったよ」

わたしの返事《へんじ》に、真帆《まほ》が満足《まんぞく》そうにうなずく。

あー、かなわない、真帆《まほ》には。

その勝《か》ち誇《ほこ》ったような顔が、やけににくらしい。

「あのさ、さっきからずっとコロッケのかけら、ついてるんですけど」

わたしが指《ゆび》さすと、真帆《まほ》はあわてて口のはしをぬぐった。

「うそー、早く言ってよ！」

「ダッサ」

わたしは、あははと笑《わら》うと、ようやく自分のコロッケにかぶりついた。

すっかり冷《さ》めていたけれど、十円引きのコロッケだけど。

やけにおいしくて、泣《な》きそうになった。

推し色と歴史新聞

すず きみえ

「せんぱーい、お願《ねが》いがあるんですけどー」

市立図書館《としょかん》の自習《じしゅう》コーナーで勉強《べんきょう》していたおれと鈴木《すずき》に声をかけてきたのは、卓球部《たっきゅうぶ》の後輩《こうはい》の青山《あおやま》みお。

今日《きょう》は八月二十二日。七月の大会で部活《ぶかつ》を引退《いんたい》したおれたちが、青山を見るのはひさしぶりだ。水色のキャップに水色のTシャツ。かばんについているハート形のキーホルダーも水色だ。

「青山、ずいぶん水色が好《す》きだな」

「気がつきました？　推《お》しのナオトくんのメンバーカラーが水色なんですよ」

かばんから出した水色のタオルをおれの目の前でひらひらさせた。

推《お》しのメンバーカラー、つまり推《お》し色のグッズを飾《かざ》ったり身《み》につけたりするのが、今流行《はや》っているらしい。

ナオトに夢中《むちゅう》の青山が、地味《じみ》な先輩《せんぱい》のおれたちにお願《ねが》いってなんだ？

「歴史《れきし》新聞についで相談《そうだん》に乗《の》ってほしいんですー」

中二の夏休みに歴史《れきし》新聞を書く宿題《しゅくだい》が出るのは、うちの学校の伝統《でんとう》だ。校内でコンクールがおこなわれ、入賞者《にゅうしょうしゃ》は全校朝礼《ぜんこうちょうれい》で大々的《だいだいてき》に表彰《ひょうしょう》される。鈴木《すずき》の新聞は、去年《きょねん》、最優秀賞《さいゆうしゅうしょう》をもらって、校長室横《よこ》の掲示板《けいじばん》に長いあいだ張《は》られていた。

「最優秀賞《さいゆうしゅうしょう》をとったら、推《お》しのコンサートのチケット代《だい》と交通費《こうつうひ》をママが出してくれるって約束《やくそく》したの。だから、どうしても最優秀賞《さいゆうしゅうしょう》をとりたいんです。鈴木《すずき》先輩《せんぱい》、よろしくお願《ねが》いします。あ、谷崎《たにざき》先輩《せんぱい》もお願《ねが》いしますね」

おれはおまけか。

学年トップクラスの鈴木《すずき》ほどじゃないが、おれだって成績《せいせき》は悪《わる》くないんだけどな。

「テーマはなに？　どの程度《ていど》調《しら》べた？　なにを相談《そうだん》したいの？」

つぎつぎとくり出される鈴木《すずき》の質問《しつもん》に、青山は肩《かた》をすぼめてえへへっと笑《わら》った。

「今からテーマを決《き》めるんです。新聞が出来上がるまで、よろしくお願《ねが》いしまーす」

「歴史《れきし》は好《す》きだし、後輩《こうはい》のたのみだからなあ。休館《きゅうかん》日《び》以外《いがい》は二時から五時までここで谷《たに》崎《ざき》と一緒《いっしょ》に勉強《べんきょう》することにしてるんだ。青山の好《す》きな時間に……」

「ちょっと待《ま》った」

気のいい鈴《すず》木《き》があっさりＯＫを出してしまいそうだから、おれがストップをかけた。

「ゼロからのスタートだろ？　相談《そうだん》に乗《の》るにも時間がかかる。受験勉強《じゅけんべんきょう》でいそがしいのに手を止めるわけだから、そこらへんは考えてもらわないと」

うつむいてしばらく黙《だま》ったあと、青山が顔を上げた。

「歴史《れきし》新聞が完成《かんせい》したら、ドーナツをおごります。すぐそこのドーナツショップの」

甘《あま》い物《もの》に目がない鈴《すず》木《き》の顔が、一瞬《いっしゅん》でにやけた。

「それ、いいね。ぼく、あそこのドーナツ大好《だいす》きだよ。とくに、チョコ」

「おれは、キャラメル。季節限定《きせつげんてい》ドーナツも気になる」

鈴《すず》木《き》に負《ま》けず劣《おと》らず、おれも甘《あま》い物《もの》が大好《だいす》きなんだ。

「最優秀賞《さいゆうしゅうしょう》をとれるとかとれないとかは、関係《かんけい》なくってことだよな？」

「ぼくと谷崎《たにざき》の二人分だよね？」

青山が大きく二度《にど》うなずいた。

「図書館《としょかん》の本を見てテーマを決《き》める」と宣言《せんげん》して、青山はいなくなった。

テーマは、授業《じゅぎょう》で勉強《べんきょう》する人物《じんぶつ》や出来事《できごと》に限《かぎ》らず、歴史《れきし》にかかわることならなんでもありだ。おれはすぐに決《き》められたけど、テーマ選《えら》びに悩《なや》んだクラスメイトも多かった。

うんと時間がかかるだろうと思っていたのに、青山はたった五分ほどで戻《もど》ってきた。

「明智光秀《あけちみつひで》にしまーす。このあたりの有名人《ゆうめいじん》だから」

明智光秀《あけちみつひで》は、本能寺《ほんのうじ》の変《へん》で主君《しゅくん》の織田信長《おだのぶなが》を討《う》った戦国武将《せんごくぶしょう》だ。

おれたちが住《す》む京都府《きょうとふ》の福知山市《ふくちやまし》一帯《いったい》は、その光秀《みつひで》のゆかりの地。光秀《みつひで》が建《た》てた福知《ふくち》山城《やまじょう》は小高い丘《おか》の上にあって、市内のいたるところから見えるこの街《まち》のシンボルだ。

「有名《ゆうめい》には違《ちが》いないけど、信長《のぶなが》を裏切《うらぎ》ってるからなあ。イメージ悪《わる》いぞー」

「ぼくはいいテーマだと思うよ。調《しら》べてみると新しい発見《はっけん》があるかもしれないし。つぎに来るまでに、たくさん情報《じょうほう》を集《あつ》めておいで」

青山が帰ると、おれたちは夏休み明けのテストに向《む》けて勉強《べんきょう》をはじめた。

途中《とちゅう》でトイレに立った鈴木《すずき》が、帰ってくるなり言った。

「今そこで森《もり》に会ったよ」

「森って、卓球部《たっきゅうぶ》の？」

「うん。福知山城《ふくちやまじょう》をテーマに歴史《れきし》新聞を書くんだって。何度《なんど》か城《しろ》に行ったそうだよ。最《さい》後《ご》の仕上《しあ》げに、なにかインパクトのある記事《きじ》を載《の》せたいって、張《は》り切ってたなあ」

「森は頑張《がんば》り屋《や》だからな。最初《さいしょ》から鈴木《すずき》に頼《たよ》る気まんまんの青山とは大違《おおちが》いだ」

鈴木《すずき》が笑《わら》いながら激《はげ》しくうなずいた。


つぎの日、図書館《としょかん》で勉強《べんきょう》をはじめるとすぐに青山がやって来た。

「ねえねえ、知ってました？　明智光秀《あけちみつひで》って、悪《わる》い人じゃないんですよ」

「うっそー。光秀《みつひで》は裏切者《うらぎりもの》の代表《だいひょう》みたいなヤツだぞ」

疑《うたが》っているおれの前に、青山はネットで集《あつ》めた情報《じょうほう》を印刷《いんさつ》した紙を並《なら》べはじめた。

ところどころ、水色のマーカーで印《しるし》がついている。

推《お》しのためとはいえ、案外《あんがい》まじめだ。

「洪水《こうずい》を防《ふせ》ぐために堤防《ていぼう》を造《つく》ったり、人びとの暮《く》らしを守《まも》るために税金《ぜいきん》を免除《めんじょ》したりしたんですよ。光秀《みつひで》が整備《せいび》した城下町《じょうかまち》が、今の福知山《ふくちやま》の元になっているんです」

鈴木《すずき》は、その通りというようにうなずきながら聞いている。

「市内に光秀《みつひで》をまつっている御霊神社《ごりょうじんじゃ》というのがあるんです。まるで光秀《みつひで》が神様《かみさま》みたいですよね。今でもお参《まい》りする人がたくさんいるそうです」

「へえー。知らなかったよ。ずいぶん慕《した》われていたんだな」

「でしょ？　それにね、こんな素敵《すてき》なものを見つけました」

青山が見せたのは、水色の花のマーク。なんの花だろう？　桜《さくら》じゃないよなあ。

「それは、ききょうの花をモチーフにした明智家《あけちけ》の家紋《かもん》だね。水色ききょうと呼《よ》ばれている」

鈴木《すずき》の話によると、家紋《かもん》というのは代々伝《だいだいつた》わるその家のシンボルマークで、兜《かぶと》や旗《はた》などにつけていたものらしい。家紋《かもん》のほとんどは白と黒なので、水色の家紋《かもん》はとてもめずらしかったそうだ。

「光秀《みつひで》の家紋《かもん》の色とわたしの推《お》し色が同じなんて、すごいと思いません？　水色って、さわやかでやさしい色じゃないですか。光秀《みつひで》もナオトくんと同じでやさしい人なんですよ。奥《おく》さんを大切にしたって書いてあったし」

青山が早口で一気にしゃべるのを、おれたちはなかばあきれながら聞いていた。

「わたし、『じつはいい人・明智光秀《あけちみつひで》』ってタイトルで、光秀《みつひで》のいいところを紹介《しょうかい》した新聞にしようと思うんですけど、どう思います？」

「なかなかおもしろいんじゃないか。裏切者《うらぎりもの》というイメージを裏切《うらぎ》って、じつはこんないい人でしたーなんてさ」

おれの言葉《ことば》に、青山はにっこり笑《わら》ったあと、すぐに困《こま》った顔になった。

「でもね、家来なのに主君《しゅくん》を討《う》ってるでしょ？　いい人と言い切っていいのかどうか」

「だいじょうぶだよ。本能寺《ほんのうじ》の変《へん》は、裏切《うらぎ》りというより信長《のぶなが》と光秀《みつひで》の見解《けんかい》の相違《そうい》というほうが正しいと思うんだ」

鈴木《すずき》は、青山が持《も》ってきた資料《しりょう》のはしっこに「見解《けんかい》の相違《そうい》」と書いた。

「考え方の違《ちが》いって意味《いみ》だよ。信長《のぶなが》は、光秀《みつひで》が天下統一《とういつ》に共感《きょうかん》して自分のためにはたらいてくれると思いこんでいた。でも、光秀《みつひで》は信長《のぶなが》の家来で終《お》わる気はまったくなかった。信長《のぶなが》から見ると裏切《うらぎ》りだけど、光秀《みつひで》からすれば裏切《うらぎ》ったつもりはないってことだよ」

「信長《のぶなが》の家来になったときから、光秀《みつひで》にはなにかねらいがあったんですね？」

「自分がNo.1になるつもりだったとか？」

「いろんな説《せつ》があって、はっきりわかっていないんだ。光秀《みつひで》が信長《のぶなが》に仕《つか》えるまでのことを調《しら》べてみると、なにかわかるんじゃないかな」


あくる日、青山は光秀《みつひで》のプロフィールを調《しら》べてきた。

- 美濃《みの》（今の岐阜県《ぎふけん》）の生まれ。「あけち」という地名が今も残《のこ》っている。
- 越前《えちぜん》（今の福井県《ふくいけん》）で朝倉氏《あさくらし》に仕《つか》えていたこともある。
- 室町幕府《むろまちばくふ》の十五代《だい》将軍《しょうぐん》、足利義昭《あしかがよしあき》の重要《じゅうよう》な家来だった。

「光秀《みつひで》は、信長《のぶなが》によって京都《きょうと》を追放《ついほう》された将軍《しょうぐん》と連絡《れんらく》をとっていた可能性《かのうせい》があるそうです。信長《のぶなが》をやっつけて、将軍《しょうぐん》を京都《きょうと》にむかえるつもりだったと思うんです」

「そう考えると、将軍《しょうぐん》のために力をつくした人と言えるかも」

「谷崎先輩《たにざきせんぱい》、それ、もらいまーす」

青山は「将軍《しょうぐん》のために頑張《がんば》った人」と書き足した。

「ところで、青山は福知山城《ふくちやまじょう》に行ったことある？」

鈴木《すずき》がたずねると、青山は天井《てんじょう》を見上げてはっきりしない返事《へんじ》をした。

「小学校の頃《ころ》、校外学習《がくしゅう》かなんかで行ったような、行ってないような……」

「覚《おぼ》えてないんなら、一度《いちど》行っておいで。天守《てんしゅ》は昭和《しょうわ》の時代《じだい》に造《つく》られたコンクリート製《せい》だけど、石垣《いしがき》は光秀《みつひで》の時代《じだい》の物《もの》が残《のこ》っている。天守《てんしゅ》の中は資料館《しりょうかん》になっているから、レアな情報《じょうほう》が見つかるかもしれないよ」

せっかく鈴木《すずき》がアドバイスしたのに、青山はプルプルと首を振《ふ》った。

「ふもとから歩いて登《のぼ》る道しかないでしょ？　すごい上り坂《ざか》だし、日かげはないし。

ネットで調《しら》べると写真《しゃしん》もいっぱい出てくるから、わざわざ行かなくても……」

「本やインターネットだけでなく、足を運《はこ》んで自分の目と耳で調《しら》べることが大事《だいじ》だよ」

「そうそう。おれの新聞『丹波栗《たんばぐり》の歴史《れきし》』は、入賞《にゅうしょう》はしなかったけど、社会の先生にほめられたんだ。『現場《げんば》に行ったりインタビューしたりしたことは、高く評価《ひょうか》する』って」

このあたりは、昔《むかし》、丹波《たんば》と呼《よ》ばれていた。奈良時代《ならじだい》から栗《くり》が名産品《めいさんひん》で、平安時代《へいあんじだい》には天皇《てんのう》に献上《けんじょう》されたという記録《きろく》も残《のこ》っている。

「地図を片手《かたて》にお菓子屋《かしや》を何軒《なんけん》も回って、お店の歴史《れきし》とか栗《くり》を使《つか》ったお菓子《かし》の移《うつ》り変《か》わりとかをインタビューしたんだ。食べくらべもして……。うまかったー」

「本当は栗《くり》スイーツを食べたかっただけでしょ？」

青山の鋭《するど》いツッコミをおれは笑《わら》ってスルーした。

「丹波栗《たんばぐり》はともかく、福知山城《ふくちやまじょう》の石垣《いしがき》は転用石《てんようせき》で有名《ゆうめい》だからね。実際《じっさい》に見る価値《かち》はあると思うよ。転用石《てんようせき》、谷崎《たにざき》も知ってるだろ？」

「もちろん。めちゃめちゃ有名《ゆうめい》だもんな」

と言ってはみたものの、てんようせきってなんだ？

「とにかく、行ってみるとわかることがあると思うよ。資料館《しりょうかん》にもぜひ入って」

「はあい。明日《あした》、行ってみまーす」

「おれからもアドバイス。自分も入れた写真《しゃしん》を撮《と》っておくといい。実際《じっさい》に足を運《はこ》んで調《しら》べてきた証拠《しょうこ》になるからな。評価《ひょうか》が上がるぞ」

青山は、こくんとうなずいて帰っていった。

青山の姿《すがた》が見えなくなるのを待《ま》って、鈴木《すずき》に聞いた。

「ねえ、てんようせきってなに？」

「さっき知ってるって言わなかったっけ？」

と鈴木《すずき》が笑《わら》う。青山の前でかっこつけたのがバレた。

転用石《てんようせき》というのは、べつの目的《もくてき》で使《つか》われていた石が、石垣《いしがき》の石として利用《りよう》されたものだそうだ。もともとは墓石《はかいし》や石仏《せきぶつ》や石灯籠《いしどうろう》で、寺や神社《じんじゃ》にあったものらしい。

「墓石《はかいし》や石仏《せきぶつ》を石垣《いしがき》に？　おれは呪《のろ》われそうでいやだな」

「信長《のぶなが》もやっていたことだよ。墓石《はかいし》も石仏《せきぶつ》も、石は石だからね。信長《のぶなが》も光秀《みつひで》も、霊《れい》とか祟《たた》りとかを信《しん》じないタイプの人だったんじゃないかな」


つぎの日は月曜で、図書館《としょかん》はお休み。

車で福知山城《ふくちやまじょう》の近くを通ったとき、水色のキャップで自転車《じてんしゃ》をこぐ青山を見た。

昨日《きのう》は乗《の》り気じゃなさそうだったけど、ちゃんと城《しろ》に行くようだ。感心《かんしん》、感心《かんしん》。


八月二十六日。

青山はうきうきとはずむようにやって来た。

「トートバッグを買っちゃいましたー。コンサートに持《も》っていくうちわが、すっぽり入るんです。勉強道具《べんきょうどうぐ》だってたっぷり入りますよ、ほら」

青山がガバッと開《ひら》いた布製《ぬのせい》のかばんの底《そこ》には、クリアファイルやペンケースが収《おさ》まっている。

「昨日《きのう》、お城《しろ》に行ってきました。資料館《しりょうかん》にも入りましたよ。転用石《てんようせき》、おもしろかったです。自然石《しぜんせき》が積《つ》まれた石垣《いしがき》の中に、きっちり四角い石が混《ま》じってるんですもん。模様《もよう》や文字が彫《ほ》られているものもありました。転用石《てんようせき》は全部《ぜんぶ》で五百以上《いじょう》もあるんですよ」

スマホに保存《ほぞん》してある写真《しゃしん》を、青山はつぎつぎと見せた。

「あれ？　青山が写《うつ》ってる写真《しゃしん》が一枚《いちまい》もないぞ。どうした？」

「えっ、あ、あのー、わたし、自撮《じど》り、めっちゃ下手なんですよ。転用石《てんようせき》が半分しか写《うつ》らなかったり、顔がピンボケになったりしたから、消《け》しちゃいました」

首をかしげてえへっと笑《わら》うと、転用石《てんようせき》の話を続《つづ》けた。

「だけど、なんか変《へん》ですよね。墓石《はかいし》をあんな目立つ場所《ばしょ》に使《つか》うなんて」

たしかに、ほとんどの転用石《てんようせき》が目線《めせん》より少し高いところに使《つか》われていて、自然《しぜん》と転用《てんよう》石《せき》に目がいくようになっている。下のほうにそっと置《お》けば目につかないのに。

「いいところに気づいたね。わざわざ目立つ場所《ばしょ》に転用石《てんようせき》を置《お》いたのには、なにか理由《りゆう》があると思わないか？」

「早く完成《かんせい》させたくて、あんまり考えずに積《つ》んじゃっただけとか？」

「おれ、わかるぞ。自分の力を見せつけたかったんだよ。戦国大名《せんごくだいみょう》が競《きそ》って立派《りっぱ》な城《しろ》を築《きず》いたのと同じ理由《りゆう》さ。寺や神社《じんじゃ》に命令《めいれい》すれば、石を集《あつ》めることぐらい簡単《かんたん》、簡単《かんたん》。俺《おれ》様《さま》の力を思い知ったかーって感《かん》じで」

「それじゃあ、いい人じゃなくて、ただの威張《いば》っている人になっちゃいますー」

そっか。その通りだ。ほかに考えられる理由《りゆう》は……。

おれは知恵《ちえ》を振《ふ》りしぼって考えた。

「あ、たとえば、石をさし出してくれた寺や神社《じんじゃ》に感謝《かんしゃ》の気持《きも》ちをあらわすために目立つところに置《お》いたって考えるのはどうだ？『みんなが出してくれた石は、ほら、ここにちゃんと大切に使《つか》わせていただきましたよ』みたいな」

「それナイスです、谷崎先輩《たにざきせんぱい》。光秀《みつひで》は感謝《かんしゃ》の心をもったいい人ってことですよね」

ひねり出せば、名案《めいあん》が出てくるもんだ。よく頑張《がんば》った。えらいぞ、おれ。

「光秀《みつひで》は、戦《たたか》って負傷《ふしょう》した自分の家来に、お見舞《みま》いの手紙を送《おく》ったりもしている。思いやりのあるやさしい人といえるだろうね」

「光秀《みつひで》、めっちゃいい人じゃないですか。ナオトくんと一緒《いっしょ》です。いい新聞が書けそうな気がしてきました。出来上がったら見せますね。お礼《れい》のドーナツも忘《わす》れていませんよ。ありがとうございました」

青山は深々《ふかぶか》と頭を下げると、水色のかばんを肩《かた》にかけてかろやかに帰っていった。


夏休みもいよいよ終《お》わりに近づいた八月二十九日。

四時過《す》ぎになって、青山がドタバタとやって来た。

「やっとできました。サイコーの新聞です。ママも『最優秀賞間違《さいゆうしゅうしょうまちが》いなし』って」

青山が宝物《たからもの》をあつかうように慎重《しんちょう》に広げた歴史《れきし》新聞は、メリハリのあるレイアウトに丁寧《ていねい》な文字。御霊神社《ごりょうじんじゃ》と転用石《てんようせき》の写真《しゃしん》もある。あちこちに水色ききょうが描《えが》かれ、「ひとこと解説《かいせつ》」として、家紋《かもん》の説明《せつめい》も載《の》せてある。

「推《お》し色をしっかり入れてるあたりが青山らしいな」

じつはいい人・明智光秀

「きれいにまとめたね。光秀《みつひで》が超《ちょう》いい人に見えるよ」

鈴木《すずき》にほめられた青山は、はじける笑顔《えがお》でドーナツ店の袋《ふくろ》を渡《わた》した。

「先輩方《せんぱいがた》、いろいろありがとうございました。お礼《れい》のドーナツです。二人でどうぞ」

さっそく袋《ふくろ》を開《あ》けた鈴木《すずき》が「えっ」と小さく声をあげた。

鈴木《すずき》の横《よこ》から袋《ふくろ》の中をのぞくと、ドーナツがちょこんとひとつ。

「えーっ、二人で一個《いっこ》？　約束《やくそく》と違《ちが》うだろ」

思わず大きな声が出た。まわりで勉強《べんきょう》している学生たちがいっせいにおれを見た。

「推《お》しのグッズをいろいろ買ってたら、お小遣《こづか》いがなくなっちゃって……。ひとり一個《いっこ》という約束《やくそく》は、してませんでしたよね？」

「だけどさ、ジョーシキで考えたら、ひとりにつき一個《いっこ》はないとおかしいだろ？」

「それは谷崎先輩《たにざきせんぱい》の勝手《かって》な思いこみ。えーっと、そうそう、わたしと谷崎先輩《たにざきせんぱい》の見解《けんかい》の相違《そうい》です。なかよく半分こして食べてくださいねー」

青山が立ち去《さ》ると、鈴木《すずき》は声を出さないようにがまんしながら、腹《はら》をかかえて笑《わら》いだした。

「見解《けんかい》の相違《そうい》か。青山にうまくごまかされちゃったね」

「ひとり一個《いっこ》はかならずって、念《ねん》を押《お》せばよかったよ。脳《のう》みそフル回転《かいてん》で考えてやったのに。裏切《うらぎ》られたー」

「しょうがないよ。さ、気を取《と》り直して食べよう」

飲食《いんしょく》ＯＫの休憩《きゅうけい》コーナーに移動《いどう》して、自販機《じはんき》で飲《の》み物《もの》を買った。

ふわふわの生地に水色のクリーム。その上に、白くて丸い粒々《つぶつぶ》が散《ち》らしてある。

鈴木《すずき》が半分にしてくれたドーナツに、さっそくかぶりついた。

「うまっ！　粒々《つぶつぶ》がシュワシュワするー。もっと食べたーい」

夏限定《げんてい》のソーダ味《あじ》のドーナツは、あっと言う間に腹《はら》の中に消《き》えていった。


九月もなかばを過《す》ぎた朝。

登校《とうこう》すると、歴史《れきし》新聞コンクールの入賞作品《にゅうしょうさくひん》が廊下《ろうか》の掲示板《けいじばん》に張《は》り出されていた。

昇降口《しょうこうぐち》を入ったところに佳作《かさく》三点、職員室《しょくいんしつ》の前に優秀賞《ゆうしゅうしょう》二点、校長室の横《よこ》に最優秀賞《さいゆうしゅうしょう》一点。

最優秀賞《さいゆうしゅうしょう》をとったのは、卓球部《たっきゅうぶ》の森。

青山の新聞はどこにもなかった。

森の新聞を読んでいるところへ鈴木《すずき》が来て、「よっ」と手を上げると、おれのとなりに立った。鈴木《すずき》は、時間をかけてじっくりと森の新聞に目を通した。

「森と青山は中身《なかみ》がかなりかぶっているよね。でも、森のほうがずっとくわしい。行ってみなきゃわからないような情報《じょうほう》も書かれているし。やっぱり、足と目と耳で調《しら》べないとね」

ビジュアルはたしかに青山のほうがいいけど、中身《なかみ》は断《だん》トツ森の勝《か》ちだ。

「ぼくたちのアドバイスを聞かなかった青山が悪《わる》いんだ。自業自得《じごうじとく》だよ」

ふだんおだやかでやさしい鈴木《すずき》が、めずらしく冷《つめ》たい言い方《かた》をした。ドーナツが半分しかもらえなかったことを根《ね》にもっているに違《ちが》いない。

「自業自得《じごうじとく》ってどういうことですか?!」

振《ふ》り向《む》くと、青山がすごい顔で鈴木《すずき》をにらんでいる。

「青山さ、本当に資料館《しりょうかん》に行ったの？　ぼくの大学生の姉《ねえ》さんが、夏休み中、資料館《しりょうかん》でボランティア解説員《かいせついん》をしてたんだ。青山の話をして、丁寧《ていねい》に説明《せつめい》してあげてとたのんでおいたのに、あの日は大人《おとな》ばかりで中学生は見なかったって言ってたよ。どうなの？」

鈴木《すずき》に追及《ついきゅう》された青山は、一瞬《いっしゅん》、かたまった。返事《へんじ》はない。

さては行ってないんだな。

「ぼくはたいしたアドバイスはしてないけど、森はちゃんと聞き入れたからね」

「森さんに、なんて言ったんですか！」

「インパクトのある記事《きじ》を入れたいって言うから、城好《しろず》きの観光客《かんこうきゃく》や資料館《しりょうかん》のスタッフにインタビューしてみるとおもしろい話が聞けるかもって言っただけだよ。まさか館長《かんちょう》さんに突撃《とつげき》インタビューするとはね。森は行動力《こうどうりょく》あるよなあ」

館長《かんちょう》さんは、最新《さいしん》の研究成果《けんきゅうせいか》を話してくれたらしく『館長《かんちょう》さんが語る最新情報《さいしんじょうほう》』という見出しの特集記事《とくしゅうきじ》になっている。

まだ悔《くや》しい気持《きも》ちがおさえられないのか、青山は恨《うら》めしそうに鈴木《すずき》を見ている。

「鈴木先輩《すずきせんぱい》、森さんにもアドバイスするなんて、わたしを裏切《うらぎ》ったってことですよ！」

「自分だけがアドバイスをもらっていると思っていたのは、青山の勝手《かって》な思いこみ。ほかの人の相談《そうだん》には乗《の》らないなんて鈴木《すずき》はひと言も言ってないだろ。これは裏切《うらぎ》りじゃない。えーっと、そうそう、鈴木《すずき》と青山の見解《けんかい》の相違《そうい》だよ」

おれはニカッと笑《わら》うと、鈴木《すずき》に向《む》かって親指《おやゆび》を立てた。

窓《まど》の外に目を向《む》けると、水色ききょうのようなさわやかな色の秋空が広がっていた。

サヨナラスイッチ

七ツ樹七香

〈――手をつないで〉

どこかで聞いたことのあるような声がした。女の人の声。これで何度《なんど》目だろう。

ほかにもなにか言ってる気がするけど、よく聞こえない。

（……あなた、だれ？）

うす暗《ぐら》い世界《せかい》にはなんにもなくて、この声が夢《ゆめ》か現実《げんじつ》かもわからない。霊感《れいかん》ゼロだし、霊《れい》じゃないと思うんだけど。たぶん。

とにかく、これを聞いた朝の目覚《めざ》めがサイアクなのはたしか。

手をつなぎたい相手《あいて》と、手をつなげない自分の悩《なや》みを思い出すからだ。

「も～、わたしだって、つなげるものならつなぎたいの……」

ぼやいて起《お》き上がり、制服《せいふく》に着替《きが》え、襟元《えりもと》のリボンを整《ととの》える。背中《せなか》まである髪《かみ》をとかしてむすぶと、洗面所《せんめんじょ》の鏡《かがみ》に向《む》かってイーッてした。ややもや気分のささやかな発散《はっさん》だ。

「天音《あまね》、遅刻《ちこく》しちゃうわよ。早く朝ごはん食べなさい」

ママの急《せ》かす声であわてて食卓《しょくたく》につき、こんがり焼《や》けたバタートーストをかじる。

くつをはき、姿見《すがたみ》で前も後ろもしっかりたしかめた。「ヨシ！」と鏡《かがみ》を指《ゆび》さし、玄関《げんかん》を飛《と》び出す。中学校までは歩いて十五分ぐらい。この時間を毎日の楽しみにしている。

家を出て、二つ目の交差点《こうさてん》が待《ま》ち合わせ場所《ばしょ》。今日《きょう》も紺色《こんいろ》のブレザーの肩《かた》が、もたれた電柱《でんちゅう》からはみ出していた。思わず声がはずむ。

「航《こう》、おはよう！　待《ま》たせちゃった？」

「おはよ、天音《あまね》。ううん、いま来たところ」

振《ふ》り向《む》いた航《こう》が焦《こ》げ茶色の瞳《ひとみ》で笑《わら》い、照《て》れくさそうに視線《しせん》をそらす。

とたんに、胸《むね》がそわっとした。

〈――手をつないで〉

なぜかさっきの声まで頭の中に響《ひび》いて、かぶりを振《ふ》る。

「天音《あまね》？　なにか忘《わす》れものでもした？」

「ええと……。ううん、だいじょうぶ、のはず！　航《こう》のクラスは、一時間目なに？」

並《なら》んで歩く。この先の工事現場《こうじげんば》を過《す》ぎて、大通りに出るまではあまり人に会わない。

いつも車道側《しゃどうがわ》を歩く航《こう》の左手をチラリと見た。二人のあいだで揺《ゆ》れる手は、体操着《たいそうぎ》入りのサブバッグをしっかりにぎりしめている。当然《とうぜん》、手なんてつなげそうにない。

ギュッとにぎってもらえる手さげさえうらやましいから、われながら重症《じゅうしょう》だ。

常盤航《ときわこう》とは、中学二年になってつき合いはじめた。

だけど、半年経《た》っても、航《こう》は手をつないでくれない。

夢見《ゆめみ》てた「手つなぎデート」は実現《じつげん》しそうになくて、期待《きたい》は裏切《うらぎ》られっぱなし。

悩《なや》みすぎて〈手をつないで〉、なんてなぞの声まで聞こえはじめたんだと思う。

もしも手をつなげたら、こんなもやもやもぜーんぶ飛《と》んでいって、幸《しあわ》せのスイッチがパチンと入りそうな気がするのに。

昼休みにあれこれ考えていたら、机《つくえ》にふせた背中《せなか》をポンとたたかれた。

「どうしたの、天音《あまね》。なんか元気ないよね。常盤《ときわ》くんとケンカでもした？」

顔を上げると、親友の美夕《みゆ》ちゃんがヒラヒラと手を振《ふ》っていた。

「そういうわけじゃないんだけど……。ねえ、美夕《みゆ》ちゃん。ちょっと相談《そうだん》していい？」

「もちろん」と言ってくれた美夕《みゆ》ちゃんに甘《あま》えて、悩《なや》みを打《う》ち明けることにした。

近頃《ちかごろ》聞こえる変《へん》な声のことは黙《だま》っておく。たぶん心配《しんぱい》させすぎちゃうから。

「ねえ、『手をつないでデートしたい』って、そんなにぜいたくな望《のぞ》みじゃないよね？」

「え？　うん、そう思うけど……。もしかして、いまもぜんぜん？」

うなずくほかない。親友がむずかしい顔で腕組《うでぐ》みするのを見て、ため息《いき》が出た。

航《こう》と出会ったのは中一のとき。男子って少し苦手《にがて》だったけど、航《こう》は初対面《しょたいめん》からふしぎと平気《へいき》で、話すといつも楽しかった。行事《ぎょうじ》の係《かかり》や委員会《いいんかい》もよく一緒《いっしょ》になったし、毎月くじ引きの席替《せきが》えなのに、五回も席《せき》がとなりになった。「運命《うんめい》の人なのかも!?」って、うかれて美夕《みゆ》ちゃんに報告《ほうこく》したのが、もうなつかしく思える。

航《こう》もわたしもスイーツに目がなくて、好《す》きな動画《どうが》の配信者《はいしんしゃ》もかぶってて、夢中《むちゅう》になってるゲームも同じ。ママにしかられるほど夜遅《おそ》くまで通話しても話し足りなくて。

彼《かれ》をもっと知りたい。その気持《きも》ちに気づいたときには、もう好《す》きになってた。

だから、春に思い切って告白《こくはく》して両想《りょうおも》いになれたこと、すごくうれしくて――。

「ずっと仲《なか》いいのにね。毎朝二人で登校《とうこう》とか、天音《あまね》を好《す》きじゃないとしないと思うし」

前の席《せき》に座《すわ》った美夕《みゆ》ちゃんと顔を寄《よ》せてささやきかわす。

「そうかなぁ。いまは航《こう》とクラスもべつで、顔を合わせるのも減《へ》っちゃったし、不安《ふあん》で……。それで、夏休みのデートもね——」

正式《せいしき》につき合うことになってからも、初《はつ》カレで初《はつ》カノだからか、友だちの延長《えんちょう》みたいに過《す》ごす日々が続《つづ》いてた。

「水族館《すいぞくかん》デートしない？」って航《こう》が誘《さそ》ってくれたのは、そんなもどかしさを感《かん》じていたとき。「夏の最高《さいこう》の思い出にしよう」って約束《やくそく》して、夏休み前から計画して！

八月には、大きな水槽《すいそう》の前で、ゆうゆうと泳《およ》ぐジンベイザメに二人ではしゃいだ。

楽しかったけど、いつも通り。ちょっとだけさびしさがあった。

〈手をつなぎたい〉って気づいてほしくて、帰り際《ぎわ》に「航《こう》」って呼《よ》びかけた。

振《ふ》り向《む》いた彼《かれ》に手を伸《の》ばすと、指先《ゆびさき》が触《ふ》れ合った。ほんの、ちょっぴり。

それだけでバチッと電気が走ったみたいにドキッとした。

なのに航《こう》は、はじかれたように腕《うで》を引いてあとずさり、立ちすくんでしまった。

大変《たいへん》なことが起《お》きてしまった、みたいな真《ま》っ青《さお》な顔で——。


夏のデートのてん末《まつ》に、美夕《みゆ》ちゃんは口をあんぐり開《あ》けた。

「え〜っ、そうなの⁉　常盤《ときわ》くん、緊張《きんちょう》したのかな？　そんなにシャイだったんだ」

「シャイ、なのかな。『おどろいただけ、ゴメン！』って謝《あやま》ってくれたけど。それからもぜんぜん進展《しんてん》ないし。少しよそよそしい気もしてきて……」

「夏休みのこと、気にしてるんじゃない？　リアクションをミスったのって、かなりはずかしいしね」

「うーん……、わたしが距離《きょり》をミスってイヤがられたのかもしれないし」

結局《けっきょく》二人でうなるハメになった。そうだよね、こういうのってカンタンじゃない。

もう一度《いちど》パタンと机《つくえ》につっぷしたわたしの小指《こゆび》をツン、と美夕《みゆ》ちゃんがつつく。

「運命《うんめい》の人、なんでしょ？　またチャンスが来るよ。手、つなげるといいね」

美夕《みゆ》ちゃんのなぐさめに「ガンバル」と力なく相《あい》づちを打《う》った。


放課後《ほうかご》、吹奏楽部《すいそうがくぶ》の先生から「練習終了《れんしゅうしゅうりょう》」の声がかかる。部活《ぶかつ》の仲間《なかま》がつぎつぎと帰っていく中、わたしはクラリネットの手入れをしながらぼんやりと悩《なや》んでいた。

（ガンバル、とは言ったけど、航《こう》って、本当に、わたしのことを好《す》きなのかな）

美夕《みゆ》ちゃんは、はげましてくれたけど、こう考えちゃう理由《りゆう》がいくつかある。

その一、告白《こくはく》したのはわたしから。なんとなくＯＫしただけだったりして……。

その二、航《こう》をシャイだって美夕《みゆ》ちゃんは言ったけど、わたしから見ると、けっこう社《しゃ》交的《こうてき》な性格《せいかく》だ。友だちも多くて、先生からも信頼《しんらい》されてる。目立ちたがり屋《や》とは違《ちが》うけど、生徒会役員《せいとかいやくいん》だってそつなくこなして、前に出るのも苦手《にがて》じゃない。わたしとつき合ってるのも学校じゃかくしてないし、本当にはずかしがってるだけなのかな……？

その三、手に触《ふ》れたときのことって、びっくりしたんじゃなくて——。

考えこみ、音楽室にひとり居残《いのこ》っていたわたしは、戸口にはみ出した肩《かた》を見つけた。
(航《こう》? あ、生徒会《せいとかい》の仕事《しごと》が終《お》わったのかな。待《ま》っててくれたんだ)
この前、「時間が合えば下校も一緒《いっしょ》に」と話したのを覚《おぼ》えていてくれたみたいだ。
うれしくなり、楽器《がっき》を置《お》いて後ろからそっと近づく。まだ気づいていない。
ぼんやりと空を見つめる航《こう》の右手が、さみしげにたれている。胸《むね》がギュッとなった。
〈……、──手をつないで〉
ちゃんと起《お》きてるのに、あの声がした。そうしなきゃって、変《へん》なあせりがわく。
吸《す》い寄《よ》せられるように手を伸《の》ばす。指《ゆび》が触《ふ》れそうになった瞬間《しゅんかん》。
「うわあっ!! あっ、ごめん! 考えごとしてたからびっくりして……」
航《こう》はおおげさなほどビクッと肩《かた》を跳《は》ね上げ、振《ふ》り向《む》いた。
焦《こ》げ茶色の瞳《ひとみ》がわたしを見る。また胸《むね》がそわっとして、思わず視線《しせん》をそらした。
「ごっ、ごめんねっ。でも、おどろきすぎだよ~。もう部活終《ぶかつお》わったよ、帰ろ?」
笑《わら》ったけど、けっこうヘコんだ。本当にびっくりしただけ、なのかな。

その三、の続《つづ》き。やっぱり航《こう》は、わたしに触《さわ》られるのがイヤなのかもしれない。
だとしたら、手をつないで楽しく歩く未来《みらい》なんて、期待《きたい》できないのかもって……。
悩《なや》みのカタマリは大きく大きくふくらんで、いまや破裂寸前《はれつすんぜん》だった。

爆発《ばくはつ》は、二週間後。部活《ぶかつ》のない日に、航《こう》の教室をのぞいたときだった。
航《こう》のクラスは、二週間後の合唱《がっしょう》コンクールに向《む》け、熱心《ねっしん》に放課後《ほうかご》も練習《れんしゅう》していた。
教室の前方にずらりと生徒《せいと》が並《なら》んでいる。
列《れつ》のはしに航《こう》を見つけた。となりは学年一の美人《びじん》、藤枝《ふじえだ》さんだ。
プレーヤーから曲《きょく》の最後《さいご》の伴奏《ばんそう》が流《なが》れ、音楽に合わせて歌い手が揺《ゆ》れはじめる。
(へえ、オリジナルの振《ふ》りつけがあるんだ。いい感《かん》じ。あとで感想伝《かんそうつた》えよう)
指揮者《しきしゃ》がタクトで合図する。みなが横《よこ》に手を広げる。
「えっ?」と思う間に、全員《ぜんいん》でつないだ手が、最後《さいご》の音に合わせ上にかかげられた。
悲《かな》しいほどはっきり見える。女の子の手をにぎる、航《こう》の手。

ふくらみ切った悩《なや》みのカタマリがパァンッ！　とはじけた。
（手をつなぐの、平気《へいき》なんだ。藤枝《ふじえだ》さんとは――）
航《こう》も笑《わら》ってる。イヤじゃ、ないんだ。
ひどく、裏切《うらぎ》られた気分だった。
（航《こう》、なんで？　やっぱり、わたしと手をつなぐのがイヤだった？）
いままで問《と》いかけられなかった気持《きも》ちがあふれ出して、心がぐちゃぐちゃだ。
練習《れんしゅう》が終《お》わり、さわぎながら生徒《せいと》たちが教室を出ていく。
（彼氏《かれし》・彼女《かのじょ》なんて盛《も》り上がってるのは、わたしだけだったのかな……）
泣《な》きたい気分で廊下《ろうか》で立ちつくしていると、航《こう》が通りかかり、足を止めた。
「あれ？　天音《あまね》、来てたんだ。もう帰り？　一緒《いっしょ》に――」
焦《こ》げ茶の瞳《ひとみ》がほほえんでいる。とたんに頭が鈍《にぶ》く痛《いた》んで、あの声がした。
〈……航《こう》と、――手をつないで〉
悲《かな》しげで、だけど、大切な願《ねが》いをかけるみたいな、声。

その響《ひび》きがいまの自分にシンクロして思えた。くじけそうな自分を奮《ふる》い立たせる。

「一緒《いっしょ》に帰ろう。わたし、話したいこと、ある」

航《こう》は、とまどいがちにうなずいた。

今日《きょう》の夕焼《ゆうや》けは、不安《ふあん》になるほど赤い。

帰り道の空気は重《おも》く、うまく言葉《ことば》が出てこない。航《こう》は黙《だま》りこくったままだ。

大通りを過《す》ぎ、無人《むじん》の工事現場《こうじげんば》の横《よこ》で立ち止まる。

高く組まれた鉄《てつ》パイプの足場が風にギッと鳴ったのを合図に、勇気《ゆうき》を振《ふ》りしぼった。

「ねえ、航《こう》。わたしね、航《こう》と手をつなぎたいってずっと思ってた」

航《こう》の顔がくもる。だけど、正直な気持《きも》ちを聞いてほしかった。

「藤枝《ふじえだ》さんと手をつないでるの、見たんだ。ショックだったし、うらやましかった」

「え、あっ、それは、クラスで振《ふ》りつけが決《き》まってて……」

「うん、わかってる。でも、わたしと手をつなぐのはイヤなのかなって、ずっと不安《ふあん》だった。悩《なや》みすぎて〈手をつないで〉とか、変《へん》な声まで最近《さいきん》聞こえるようになって……」

できるだけ明るく言ったつもりだったのに、航《こう》は、またたくまに青ざめた。

「〈手をつないで〉って？　それっ、本当に？」

つめ寄《よ》られてびっくりしたけど、正直に「うん、何回も」とうなずく。

真《ま》っ青《さお》な顔をしていた航《こう》は、なにか決意《けつい》したみたいにグッと表情《ひょうじょう》を引き締《し》めた。

「……天音《あまね》とは、手をつなげない。ごめん」

ガン、と頭を殴《なぐ》られたみたいな気がした。ヤキモチも勇気《ゆうき》もしぼんでいく。

そっか、もうフられちゃうのかな、って覚悟《かくご》して目を閉《と》じたのに、飛《と》んできたのは予《よ》想外《そうがい》の爆弾《ばくだん》だった。

「僕《ぼく》と天音《あまね》が手をつなぐこと。それって〈さよならのスイッチ〉なんだ」

「さ、よなら？　スイッチ？」フリーズして、オウム返《がえ》ししかできないわたしに、

「僕《ぼく》らが出会ったのは、七回目なんだよ。天音《あまね》」しぼり出すような声で航《こう》は言った。

「どういう、こと？　わたしは中学校ではじめて――」

航《こう》はゆっくりと首を横《よこ》に振《ふ》った。

「遠い国の城《しろ》でお姫様《ひめさま》と庭師《にわし》だったこともあったし、江戸時代《えどじだい》は二人ともお百姓《ひゃくしょう》さんをしてた。近い時代《じだい》だと大正《たいしょう》十二年の僕《ぼく》らは大きな店のあと継ぎで、許婚同士《いいなずけどうし》だったよ」

「い、いっ⁉」許婚《いいなずけ》というパワーワードにうろたえる。思わず熱《あつ》くなったほっぺを押《お》さえると、航《こう》は少しほほえんだけど、どこかさみしそうな顔をした。

「うん、そういう前世《ぜんせ》での出会いがあってね、出会うといつも、僕《ぼく》は天音《あまね》を好《す》きになった。でも、手をつなげば呪《のろ》いみたいに事故《じこ》や災害《さいがい》に巻《ま》きこまれる。必《かなら》ず、不幸《ふこう》になってきた。これが手をつなげなかった理由《りゆう》」

古い本を調《しら》べると、記憶《きおく》のいくつかが昔《むかし》の記録《きろく》にぴたりと当てはまっていたと航《こう》は言う。理解《りかい》が追《お》いつく前に明かされていく、空想《くうそう》みたいな話には少しのよどみもない。

「待《ま》って……。ちょっと、うまく信《しん》じられない」

「だよね……。水族館《すいぞくかん》で、手が触《ふ》れ合ったときのことを覚《おぼ》えてる？」

「うん。航《こう》、すごくびっくりしてたよね」

「全部《ぜんぶ》思い出したのは、あのとき。手に触《ふ》れることが、記憶《きおく》を思い出す鍵《かぎ》になってたみたい」

「あのとき、……そう、だったんだ」

水族館《すいぞくかん》で青ざめていた理由《りゆう》や、その後よそよそしさを感《かん》じた理由《りゆう》がやっとふに落《お》ちる。

「でも、それが本当だったとしても！　航《こう》は必《かなら》ず不幸《ふこう》になるっていうけど、今回も同じ結果《けっか》とは決《き》まってないよ。だって未来《みらい》はわからないでしょ？」

なにもしないままあきらめるなんて、わたしはイヤだ。

きっと同じ気持《きも》ちだと思うのに、航《こう》はうなずいてくれない。

「前世《ぜんせ》の僕《ぼく》らもいつだってそう考えて、これまで二人で何度《なんど》も手をつないできた。でも、そのたびに、さよならする運命《うんめい》をたどったんだよ」

「……さよなら？」意味深《いみしん》な言葉《ことば》を聞き返《かえ》すと、航《こう》は、はっきり言い切った。

「死《し》んでしまう。それが僕《ぼく》なのか天音《あまね》なのか、二人とも、なのかはランダムだ」

言葉《ことば》を失《うしな》う。わたしは航《こう》と、手をつなぎたかっただけなのに。

「言い出せなくて、ごめん。でも、信《しん》じてもらうのもむずかしいと思ったし、解決策《かいけつさく》が見つかるまでは、とにかく絶対《ぜったい》に手をつなぐことをさけようと思っていて……」

航《こう》は、こわごわと自分の両手《りょうて》を見やった。

「でも、さっき、天音《あまね》の〈変《へん》な声〉の話を聞いて、ぞっとした」

「あの声が、〈さよならのスイッチ〉に関係《かんけい》あるかもってこと？　……あっ」

音楽室の出来事《できごと》を思い出す。あの声が聞こえたあと、たしかにわたしは吸《す》い寄《よ》せられるように航《こう》に手を伸《の》ばした。いまさら背筋《せすじ》が寒《さむ》くなる。

「うん。運命《うんめい》に引き寄《よ》せられてるのかなって。僕《ぼく》も、運命《うんめい》を変《か》える方法《ほうほう》をさがしたかった。でも、きっとこの前世《ぜんせ》の記憶《きおく》は、もうさよならをくり返《かえ》さないためなんだと思う」

航《こう》は、うなだれた。いやな方向《ほうこう》に話が進《すす》み続《つづ》けているのがわかる。少しして頭を上げた航《こう》の瞳《ひとみ》は、悔《くや》しそうに細められていた。

（そうだよね、こんなのってひどいよ……！　この恋《こい》が生きるか死《し》ぬかの選択式《せんたくしき》なんて、あんまりだ！）

そのとき、また、あの声が響《ひび》いた。前より、もっとクリアに。

〈必《かなら》ず……航《こう》と――手をつないで〉

手をつなぐなんて、できるはずないのに。

「六回目のさよならのとき、小指《こゆび》に誓《ちか》ったんだ。『もう、手はつながない』って」

航《こう》が、ぎゅっと目を閉《と》じ、顔の前で右の小指《こゆび》を立てる。頭がズキッと、鋭《するど》く痛《いた》んだ。

「天音《あまね》。今度《こんど》は僕《ぼく》と、〈手をつながない〉って誓《ちか》ってほしい」

もう、イヤだ、なんて言えるはずない。

「わかった。……いままで、ありがとう。手をつながないと、――誓《ちか》います」

時間が止まった気がした。止まればいいと思ったのかも。だって、これはさよならだ。目の前の景色《けしき》がぼやけ、まわりの音が遠のいていく。航《こう》の声だけが、聞こえる。

「約束《やくそく》してくれてありがとう。こんな運命《うんめい》、つらいけど、これからは友だちとして……」

こうなるしかなかったのかな。

(これが、わたしたちのハッピーエンドなんだよね……。でも、信《しん》じたくないよ)

まばたきをした。ぼたぼたっと大粒《おおつぶ》の涙《なみだ》が落《お》ちて、クリアになった視界《しかい》に航《こう》が映《うつ》る。

立てた小指《こゆび》の向《む》こうから、焦《こ》げ茶色の瞳《ひとみ》が悲《かな》しそうにわたしを見つめていた。

息《いき》が、つまる。

その仕草《しぐさ》とその瞳《ひとみ》を、わたしは、知っている。

目の前が、真《ま》っ白《しろ》な光でスパークした。

見知らぬ映像《えいぞう》が目の前を走る。

あの声が、イナズマのように胸《むね》を打《う》つ。


〈必《かなら》ず、運命《うんめい》を変《か》える方法《ほうほう》を見つけて航《こう》と出会うから。だからまた、手をつないで〉


そしてこの瞬間《しゅんかん》、わたしは〈裏切《うらぎ》り者《もの》〉になると決《き》めた。

「航《こう》、ゴメンッ!」

叫《さけ》ぶ。彼《かれ》の手を引き寄《よ》せ、手をつないだ。

ガキン!

大きなカギをぐるんと回したみたいな音がした。その瞬間《しゅんかん》、そばの工事現場《こうじげんば》に組まれていた足場が、ギイッとイヤなきしみをあげる。

航《こう》の言う〈スイッチ〉の存在《そんざい》をまざまざと感《かん》じ、足が震《ふる》えた。

「天音《あまね》!? どうしてっ!」

視界《しかい》がスローモーションになる。鉄《てつ》パイプを組み合わせた足場は大きくかたむき、崩《くず》れていく。遠くから誰《だれ》かの悲鳴《ひめい》も聞こえた。航《こう》が、わたしを引き寄《よ》せようとする。

航《こう》、違《ちが》う。そっちじゃないの。

ギュッと手をにぎったまま重心《じゅうしん》を低《ひく》くして、力いっぱい彼《かれ》を自分のほうへ引っ張《ぱ》る。

(もっとこっち! お願《ねが》い、あと少し……!)

もつれあって地面《じめん》にたおれこみ、いやというほどヒザを打《う》つ。

とどめのようにガッシャン、とけたたましい音が暮《く》れかけた町に響《ひび》き渡《わた》った。

二人で、歩道の縁石《えんせき》の二歩先に転《ころ》がっている。

起《お》き上がると、ビルを囲《かこ》っていた足場の残骸《ざんがい》がまわりに散《ち》らばっていた。

「航《こう》、航《こう》っ！！！」

あちこち痛《いた》むけど、かまわず呼《よ》びかける。航《こう》は静《しず》かに目を閉《と》じていた。

「ねえ、生きてるよね？　ねえっ！」

ドクドクと心臓《しんぞう》が鳴る。胸《むね》の上にある航《こう》の手をこわごわとにぎる。

もう、なにも起《お》きない。数秒《すうびょう》が、何時間にも思えた。

「……天音《あまね》」

そして、航《こう》のまぶたが、動《うご》いた。

「……生きてる。今度《こんど》は、生きてる」

航《こう》は目じりを涙《なみだ》で光らせ、強く手をにぎり返《かえ》してくれた。

沈《しず》んだ夕陽《ゆうひ》の方角から、救急車《きゅうきゅうしゃ》のサイレンが近づいてきていた。

事故《じこ》から三日後《みっかご》、検査入院《けんさにゅういん》を終《お》えたわたしたちは、並《なら》んで登校《とうこう》していた。

航《こう》とまっすぐに見つめ合ったあのとき、ひとつだけ思い出したことがある。

〈必《かなら》ず、運命《うんめい》を変《か》える方法《ほうほう》を見つけて航《こう》と出会うから。だからまた、手をつないで〉

あれは、わたしの声。六度目《ろくどめ》のさよならのとき、未来《みらい》の自分に託《たく》した誓《ちか》いだ。

「あのときね、わたしにはガレキの下敷《したじ》きになる未来《みらい》が見えたんだ。だから、助《たす》かる場所《ばしょ》もわかった。あの瞬間《しゅんかん》だけの超能力《ちょうのうりょく》、だったのかも」

それを聞くと航《こう》は目を丸くしたけど、すぐにはにかんだ笑《え》みをうかべた。

「本当におどろいた。僕《ぼく》だけがずっと過去《かこ》にとらわれてたの、なんだか、はずかしいね」

「そんなことないよ。航《こう》が過去《かこ》を憶《おぼ》えていてくれたから、一瞬《いっしゅん》で『逃《に》げなきゃっ』て思えた。これって二人の力じゃない？」

「そうかもね。……天音《あまね》とまた手をつなげて、よかった」

そっとまわりを見回し、たがいに手を伸《の》ばす。

何度《なんど》手をつなぎ直しても〈さよならのスイッチ〉は、もう発動《はつどう》しなかった。

代《か》わりにパチンと、未来《みらい》への〈幸《しあわ》せのスイッチ〉が入ったと、わたしは信《しん》じてる。

ブルーの手紙

嘉成晴香

五年生になって、一か月経《た》った。

まぶしいほどの五月の空が、視界《しかい》いっぱいに広がっている。

空の色に青を選《えら》んだなんて、神様《かみさま》はなかなかいいセンスしてるよね。

さっき、わかれ道で、クラスメイトで大親友のるーちゃんから、美鈴《みすず》ちゃんにって手紙をたくされた。わたしたちは同じスイミングスクールに通っていて、美鈴《みすず》ちゃんだけは学校がちがうけど、仲《なか》がよかった。といっても、るーちゃんは塾《じゅく》に行くことになって、先月やめてしまったんだけど。

そこで、わたしは二人の手紙を届《とど》ける郵便屋《ゆうびんや》さん役《やく》を引き受《う》けた。三人とも、まだスマホを持《も》ってないからね。

手紙のやりとりのお手伝《てつだ》いをするのも、今日《きょう》で三回目。

「あーちゃん、いつもありがとう」

るーちゃんは、毎回かならずこう言ってくれる。ありがとうって、なんてすてきな響《ひび》きなんだろう。

あと少しで家に着《つ》く。

手紙を持《も》った手を、背伸《せの》びするように空に向《む》かってぐんと伸《の》ばした。

今日《きょう》の空、この封筒《ふうとう》のブルーと同じだ。

と思った瞬間《しゅんかん》、かたまってしまった。太陽《たいよう》の光で、封筒《ふうとう》が透《す》けたんだ。

アリサってほんと頭おかしいよね？

だって、それはわたしの名前だったから。

体が冷《ひ》えていくのを感《かん》じた。なのに、全速力《ぜんそくりょく》で走ったあとみたいに苦《くる》しい。

すっと、腕《うで》を下ろす。

頭が真《ま》っ白《しろ》になるのを感《かん》じながらも、なんとか足を進《すす》めて家に帰った。

お父《とう》さんもお母《かあ》さんも仕事《しごと》でいない。ランドセルを下ろして、水筒《すいとう》はキッチンに置《お》きにいって、それから洗面所《せんめんじょ》で手を洗《あら》って……と、いつものことをいつも通りやった。

宿題《しゅくだい》もしなきゃ。そう思って勉強机《べんきょうづくえ》に向《む》かうと、ランドセルのとなりに置《お》いたるーちゃんから預《あず》かったブルーの手紙が目に入った。

さっきのって、見まちがい、だよね。いくらなんでも、わたしの悪口《わるぐち》を本人に運《はこ》ばせるなんてこと、しないよね。

だって、わたしたちは仲良《なかよ》しだ。去年《きょねん》、わたしはクラスで無視《むし》されたりいやがらせをされたりして、学校に行けなかった時期《じき》があった。でも、るーちゃんと美鈴《みすず》ちゃんがいたからスイミングスクールだけはつづけられた。二人はいつも親身《しんみ》になって話を聞いて、はげましてくれた。

「あーちゃんと同じクラスだったらよかったのに」

るーちゃんは、泣《な》きそうな顔でこう言ってくれた。

「力になれなくてくやしい」

美鈴《みすず》ちゃんは、自分のことみたいに怒《おこ》ってくれた。うれしかった。

そんな二人が、悪口《わるぐち》なんて言うはずがない。るーちゃんは、今年《ことし》同じクラスになったとき、跳《と》び上がってよろこんでくれたし。……って思うのに、ざわざわした気持《きも》ちは消《き》えてくれない。「アリサ」なんて呼《よ》び捨《す》てされたことも、これまで一度《いちど》もなかった。

もう、考えるのはやめよう。きっと、見まちがいだ。

そう思って、宿題《しゅくだい》の作文ノートを広げる。今回のテーマは、「いま、いちばん楽しいこと」。最近《さいきん》、なにかあったかな。そういえば昨日《きのう》、誕生日《たんじょうび》プレゼントはなにがいいかってお母《かあ》さんに聞かれたっけ。誕生日《たんじょうび》は再来月《さらいげつ》なのに、気が早いよね。

二人がこのテーマで作文を書くなら、きっと好《す》きな漫画《まんが》についてにするんだろうな。前にスイミングスクールに遅《おく》れて行ったとき、二人は漫画《まんが》の話を楽しそうにしてたもん。わたしはほとんど読まないから、話についていけないし、いいんだけどね。

いろいろと考えてはみたけれど、結局《けっきょく》ノートには、自分の誕生日《たんじょうび》になにを買ってもらうか考えているってことを長々と書いた。

宿題《しゅくだい》が終《お》わって、ひと息《いき》つく。

また、ブルーの手紙が頭にうかんできた。

気がつくと、勉強机《べんきょうづくえ》のライトで封筒《ふうとう》を透《す》かしていた。中の手紙は二つに折《お》られていたけれど、そこまで小さい字じゃなかったからところどころは読める。友だちの手紙を勝《かっ》手《て》に見るなんて、だめだってわかってた。でも、読みはじめたら止められない。

途《と》中《ちゅう》から、なにか冷《つめ》たいと思ったら、目の下が涙《なみだ》でぬれていた。

さっきのは、見まちがいじゃなかった。それどころか、「アリサって自《じ》己《こ》中《ちゅう》すぎる」とか「まわり見えてなくてイタい」とか、とてもるーちゃんの言《こと》葉《ば》だとは信《しん》じられないようなことがたくさん書かれていた。しかも、美《み》鈴《すず》ちゃんも同じように思っているみたいだ。国語の成《せい》績《せき》があんまりよくないわたしでもすぐわかった。

一時間前、別《わか》れ際《ぎわ》に見たるーちゃんの笑《え》顔《がお》を思い出す。記《き》憶《おく》なのに、涙《なみだ》のせいかぼんやりしていた。この手紙の内《ない》容《よう》が、るーちゃんの、そして美《み》鈴《すず》ちゃんの本心なのかな。そのいつもわたしの前ではいい顔しながらも、二人でこうやって言い合ってたのかな。その悪《わる》口《ぐち》を本人に運《はこ》ばせるなんてことをして、笑《わら》ってたのかな。

「わたし、バカみたい」

ブルーの手紙を、机《つくえ》の引き出しにそっとしまう。

「信《しん》じてたのに……。ひどすぎる」

フフッと、口から声がもれた。

ショックで悲《かな》しいはずなのに、なんで笑《わら》ってるんだろう。


しばらく、美鈴《みすず》ちゃんにるーちゃんからの手紙を渡《わた》せなかった。自分の悪口《わるぐち》が書かれているのを知っていながら、平気《へいき》な顔してそんなこと、できるわけがない。

「るーちゃんから手紙、もらってない？」

と、美鈴《みすず》ちゃんには毎週聞かれるけれど。

「塾《じゅく》がいそがしいみたいだよ」

こう嘘《うそ》をついてかわした。

「るーちゃん、がんばりやさんだから、無理《むり》してないかな」

美鈴《みすず》ちゃんは手紙の返事《へんじ》が遅《おそ》いのを怒《おこ》ることもなく、心配《しんぱい》そうな顔をしてた。

やさしい美鈴《みすず》ちゃん。でも、その裏《うら》であんなふうにわたしをばかにしてたんだね。

もう二人と友だちをやめてしまおうか。

そう思うまで時間はかからなかった。二人も、わたしが手紙のやりとりを手伝《てつだ》わなければ、これ以上悪口《いじょうわるぐち》で盛《も》り上がることはない。

それから少しして、もうすぐ梅雨《つゆ》に入ろうという頃《ころ》、学校でちょっとした事件《じけん》が起《お》こった。同じクラスの歩美《あゆみ》ちゃんが、男子にいやなことを言われて泣《な》いてしまったんだ。

「歩美《あゆみ》ちゃん、気にしたらだめだよ。みんな、歩美《あゆみ》ちゃんの味方《みかた》だからね」

るーちゃんはそう言って、ふだんは一緒《いっしょ》のグループでもないのに寄《よ》り添《そ》っていた。

歩美《あゆみ》ちゃんはるーちゃんの言葉《ことば》に、また泣《な》いていた。わたしも、涙《なみだ》が出そうだった。

鼻《はな》の奥《おく》もツンと痛《いた》い。でも、感激《かんげき》したからじゃない。去年《きょねん》、同じようにはげましてもらったことを思い出したんだ。なにがあっても味方《みかた》だって。

あの言葉《ことば》を、心の底《そこ》から信《しん》じてたのに。

うれしかったのに。

親友だって、思ってたのに。

あんな形でわたしを見下してたなんて。

「るーちゃん、みんな、ありがとう」

歩美《あゆみ》ちゃんはまわりを見渡《みわた》し、最後《さいご》にはほほえんでた。

それを見て、ハッとした。目の奥《おく》の涙《なみだ》が、ピタリと止まった。

……もう、いいや。

味方《みかた》だって言ってくれたのが嘘《うそ》だったとしても、手紙の悪口《わるぐち》がほんとの気持《きも》ちだったとしても、人生でいちばんつらかったときに、るーちゃんに助《たす》けてもらったんだ。美鈴《みすず》ちゃんだって、ただの同情《どうじょう》だったとしてもあったかい言葉《ことば》をたくさんかけてくれた。

だから、いまも毎日学校に通えている。

手紙は見なかったことにして、これまで通りにしよう。


「これ、るーちゃんから」

翌日《よくじつ》のスイミングスクールで、ブルーの手紙を美鈴《みすず》ちゃんに渡《わた》した。

「待《ま》ってたんだ。あーちゃん、ありがとう」

更衣室《こういしつ》で、美鈴《みすず》ちゃんは長い髪《かみ》を三《み》つ編《あ》みにする手を止め、手紙を大事《だいじ》そうにかばんにしまった。ありがとう、か。グッと奥歯《おくば》をかみしめる。なんて言っていいかわからなくて、美鈴《みすず》ちゃんが水泳帽《すいえいぼう》に編《あ》んだ髪《かみ》をグイっと押《お》しこむのを横目《よこめ》に、こくんとひとつうなずいてみる。

つぎの週、美鈴《みすず》ちゃんはさっそく手紙の返事《へんじ》を書いてきた。うすい雲がかかったような空色の封筒《ふうとう》だった。今回は、つぎの日にはるーちゃんに手渡《てわた》した。

「やっと美鈴《みすず》ちゃんから返事《へんじ》が来た！」

さっと目をそらす。昨日《きのう》の夜、また手紙をライトで透《す》かしてしまったんだ。全部《ぜんぶ》は読めなかったけれど、やっぱりわたしについての「友だちになれる気がしない」とか「クラスにはいてほしくない」だとかの悪口《わるぐち》がはっきり目に入ってきた。

「あーちゃん、お返事《へんじ》を書いたら、またよろしくね」

手紙を手によろこぶるーちゃんに、無理《むり》に笑顔《えがお》を作って見せる。

友だちをつづけようって、決《き》めたのにな。心の中の二人へのほんとの気持《きも》ちが、わたしをいつも通りにはさせてくれない。

読んでも暗《くら》い気持《きも》ちになるだけだし、もうやめよう。そう思うのに、二人の手紙を盗《ぬす》み読むのを止められなかった。「アリサ、性格悪《せいかくわる》すぎ」とか、「今週のアリサ、ある意味《いみ》最高《さいこう》」だとか、悪口《わるぐち》を見つける度《たび》に涙《なみだ》がにじむ。

二人はどうやら、近々会うらしい。いつにするか、毎回やりとりしている。

三人で仲良《なかよ》し、だと思ってたんだけどな。誘《さそ》われもしてない。もしかして、最初《さいしょ》からわたしは二人の友だちじゃなかったのかな。

梅雨《つゆ》といっても合間にいい天気の日はあり、その度《たび》に下を向《む》いて歩いた。いつもの青空でさえも、手紙の悪口《わるぐち》を思い出すきっかけになってしまったんだ。

見られないといえば、最近《さいきん》、二人とちゃんと目が合わせられない。

まだなんとか笑顔《えがお》でいられるけど、これも時間の問題《もんだい》な気がする。

「あーちゃん、元気ない?」

雨の日の帰り道、るーちゃんが傘《かさ》の下からこっちをうかがう。

「そんなことないよ」

口元が引きつるのをかくすため、頭を傘《かさ》に押《お》しこんだ。

「なにかあったら、話してね」

「うん、ありがとう……」

もう、だめだ。

もう、無理《むり》だ。

その夜、ふと思い出した。口癖《くちぐせ》のように、でもまじめな顔で今日《きょう》も言われた「なにかあったら、話してね」ってるーちゃんの言葉《ことば》。

なにかって、いまこそ、その「なにか」だよ。

手紙を読んだのはだめなことだけど、こんなやり方で悪口《わるぐち》を言われてるんだから、わたしは文句《もんく》のひとつも言っていいんじゃないかな。

もう梅雨《つゆ》も明けるという土曜日の午後一時四十五分。

わたしはスイミングスクールのとなりにある公園にいた。座《すわ》って待《ま》とうと思ったけど、ベンチは日光に温《あたた》められて火傷《やけど》しそうなほど熱《あつ》く、すぐに立ち上がってしまった。

午後二時ちょうど、るーちゃんと美鈴《みすず》ちゃんがほぼ同時にやって来た。

「あれ、あーちゃん、どうしたの？」

「るーちゃんが、あーちゃん呼《よ》んだの？」

二人はなにがなんだかわからないといったあわてっぷり。

「どっちにも、呼《よ》ばれてないよ」

二人の手紙をずっと読んでいたから、今日《きょう》会うって知ってた。だから、ここに来たんだ。すべてをちゃんと、聞くために。

「じゃあ、たまたまここに来たの？」

美鈴《みすず》ちゃんの笑顔《えがお》が、ぎこちない。

「るーちゃんと美鈴《みすず》ちゃんに、聞きたいことがあってね」

二人が顔を見合わせる。

「二人の手紙、見ちゃったの……。開《あ》けたんじゃなくて、透《す》かしてだけど……」

ただでさえ暑《あつ》い日なのに、体中から汗《あせ》がぶわっと出てくる。

「えっ？」

美鈴《みすず》ちゃんの眉《まゆ》がきゅっと真《ま》ん中《なか》に寄《よ》ったのを見て、思わず体がこわばる。

「なんだ、そういうことかぁ」

るーちゃんがクスッと笑《わら》う。

「もしかして、あーちゃんを誘《さそ》わなかったから、怒《おこ》ってる？」

美鈴《みすず》ちゃんの眉《まゆ》が、今度《こんど》は八の字になった。

どうして二人は、こんなに平然《へいぜん》としていられるんだろう。悪口《わるぐち》を言ってた本人にばれたんだよ。

「手紙を読んだことは、ごめんなさい。でも、二人とも、ひどいと思う」

「二人だけで会うの、秘密《ひみつ》にしててごめん。これには理由《りゆう》があってね」

るーちゃん、わたしが謝《あやま》ってほしいのは、そこじゃない。そう言おうとしたら、美鈴《みすず》ちゃんがつづけた。

「あーちゃんの誕生日《たんじょうび》プレゼント、買いにいくつもりだったんだ。びっくりさせたかったんだけど、気分よくなかったよね」

「た、誕生日《たんじょうび》プレゼント？」

あれだけ悪口《わるぐち》を言ってた相手《あいて》の誕生日《たんじょうび》プレゼントを買うなんて、嘘《うそ》だよね？

「あーちゃんの誕生日《たんじょうび》、もうすぐでしょ？」

るーちゃん、そうじゃなくて……。

「わたしが言いたいのは、なんでわたしの悪口《わるぐち》、手紙にいっぱい書いてたのかってこと。二人でわたしをバカにして、楽しかった？」

言った。言えた。

「いやなことがあったなら、面《めん》と向《む》かって言ってほしかった」

怖《こわ》くてふるえるのを、手をぎゅっとにぎりしめてこらえる。

そっとうかがうと、二人はぽかんと口を開《あ》けていた。てっきり、ムスッとするか無表《むひょう》情《じょう》でこっちを見るかと思ったのに。

「なんの話?」

美鈴《みすず》ちゃんは、目が点って表現《ひょうげん》がぴったりな顔をしている。

「手紙に悪口《わるぐち》……。美鈴《みすず》ちゃん、もしかして『アリサ』のことじゃない?」

急《きゅう》に自分の名前が出てきて、体が跳《は》ねそうになる。

「えっ、あの『アリサ』?」

二人は、急《きゅう》に口元を押《お》さえてふき出した。

全身《ぜんしん》の血《ち》が、沸騰《ふっとう》しそうだ。

「なんで笑《わら》うの」

なんとか、声をしぼり出す。

「あのアリサって、どういう意味《いみ》?」

涙《なみだ》が目のふちまでこみ上げてきた。

「ごめん、ごめん。手紙に書いてた『アリサ』は、あーちゃんじゃないよ」

とうとう美鈴《みすず》ちゃんは、おなかを抱《かか》えて笑《わら》いだした。

「そうだよ。美鈴《みすず》ちゃんと一緒《いっしょ》にネットで読んでる漫画《まんが》のキャラの名前なんだ」

漫画《まんが》の、キャラ？　悪口《わるぐち》だから、わたしを呼《よ》び捨《す》てで呼《よ》んでたんじゃなくて？

「こっちで話そっ」

炎天下《えんてんか》ということもあって、わたしの頭はすっかり熱《あつ》くなっていた。るーちゃんはわたしの手をふんわりつかみ、木かげに引っ張《ぱ》っていった。

「あーちゃん、漫画《まんが》は読まないでしょ。だから、漫画《まんが》の話は二人のときに話したほうがいいかなって思って、手紙で感想《かんそう》を言い合ってたんだ」

緊張《きんちょう》の糸が切れて、こらえていた涙《なみだ》がまっすぐ落《お》ちていく。

「それ、ほんと？　ほんとにほんと？」

「ほんと、ほんと」

つないだ手に、ぎゅっと力を入れる。すぐに、るーちゃんはにぎり返《かえ》してくれた。体中のふるえが、嘘《うそ》のように消《き》えていく。

「わたしたちみたいに、お母《かあ》さんのスマホでさ、あーちゃんも読んでみてよ。すっごくおもしろいから。アリサってめちゃくちゃ性格悪《せいかくわる》いと思ってたんだけど、じつはそれには理由《りゆう》があるって、今週の更新《こうしん》でわかったんだよ」

「美鈴《みすず》ちゃん、ネタバレしちゃだめだよ」

「あ、そっか」

安心《あんしん》したのとはずかしいのとで、顔が熱《あつ》い。

「手紙、勝手《かって》に読んでほんとにごめんね。それに、二人のこと疑《うたが》ったりして……」

るーちゃんと美鈴《みすず》ちゃんは、同時にフッと笑《わら》った。

「もう、いいよ。あーちゃんが最近《さいきん》元気がなかった理由《りゆう》、やっとわかってよかった」

「こっちこそ悩《なや》ませちゃって、ごめん。でも、うちらがあーちゃんの悪口《わるぐち》、言うはずないでしょ」

美鈴《みすず》ちゃんはこう言って、肩《かた》をぽんとたたいてくれた。そう、だよね。もっと早く、二人に聞けばよかった。そうすれば、あんなに悩《なや》まずにすんだのに。

「せっかくひさしぶりに三人で会えたんだし、みんなであーちゃんの誕生日《たんじょうび》プレゼント、買いに行こうよ」

るーちゃんが、わたしの手をぶんぶんと振《ふ》り、パッとはなした。

木かげに、心地よい風がさっと吹《ふ》く。

「二人とも、ありがとう……」

「あ、わたしの誕生日《たんじょうび》、夏休み中だけど忘《わす》れないでね」

プレゼントのお礼《れい》を言ったわけじゃなかったのに、美鈴《みすず》ちゃんはいたずらっぽく笑《わら》って、木かげから出た。

「あーちゃん、行こっ」

どこまでもやさしい二人。もうこれからは絶対《ぜったい》に、疑《うたが》ったりしない。

ふと見上げると、空のブルーが目に飛《と》びこんできた。

ひさしぶりに、とてもきれいだと思った。

七匹目の子やぎ

山本省三

ぼくには、三匹《さんびき》の兄《にい》さんと三匹《さんびき》の姉《ねえ》さんがいる。そう、ぼくは七匹目《ななひきめ》の末《すえ》っ子《こ》だ。損《そん》なことばかりの末《すえ》っ子《こ》だ。

体の小さいぼくは、食事《しょくじ》のときのとり合いでも、いつも兄《にい》さんや姉《ねえ》さんたちに押《お》しのけられてしまう。ほとんど食べかすしか口にできない。食べられるのは、みんなが嫌《きら》いな残《のこ》りものがあったときだけ。

洋服《ようふく》も全部《ぜんぶ》おさがりだ。新品《しんぴん》なんて着《き》たことがない。

おもちゃだって、ぼくが使《つか》わせてもらえるのは、壊《こわ》れかけたゲーム機《き》とか、リモコンがなくなり、手で動《うご》かすしかないロボットとか、空気の抜《ぬ》けかけたサッカーボールとか。

それに、いじめもある。

ぼくの座《すわ》るいすやくつに画びょうが置《お》いてあるのはしょっちゅう。ピクニックに出かけたときは、ヘビの入った帽子《ぼうし》を姉《ねえ》さんたちにかぶせられた。

ひどかったのはぼくの誕生日《たんじょうび》パーティーのとき。だれかがケーキのろうそくを一本抜《ぬ》いて、ぼくのしっぽに火をつけたんだ。火傷《やけど》はしなかったけれど、先がチリチリと焦《こ》げた。兄《にい》さんと姉《ねえ》さんたちは犯人《はんにん》を見てたはずなのに、かばい合ってわからずじまい。

ぼくは、いろんなことが兄《にい》さんたちみたいにはできないし、できても遅《おそ》い。でもそれは年下だからなのに、あんまりだ。

「ママ、兄《にい》さんや姉《ねえ》さんたちがぼくをいじめるんだ」

ぼくがうったえても、ママの答えはいつもおなじ。

「それはかわいそうに。でもなかよくしてね」

たしかに、これだけたくさんの子どもの世話《せわ》は大変《たいへん》だ。ぼく以外《いがい》にもママにああだこうだと言ってきているはずだ。それにいちいち答えていたら、ただでさえくたくたのママは、眠《ねむ》る時間さえ、なくなっちゃうもの。

おまけにパパは、仕事《しごと》で留守《るす》がちで、ママの手助《てだす》けはあまりできないから。

結局《けっきょく》、ぼくががまんするしかないんだろうけれど、それにだって限界《げんかい》はある。

だからぼくの心にどす黒いなにかが芽生《めば》えたとしても、しかたがないことなんだ。

ある日、ぼくはパパの部屋《へや》の本棚《ほんだな》で一冊《いっさつ》の本を見つけた。タイトルは『毒《どく》のある植《しょく》物《ぶつ》』。

パパの趣味《しゅみ》は庭《にわ》の手入れ。それでこんな本を手に入れたのだろう。子どもたちがあやまって口にしないようにと考えたのかもしれない。

ぼくは、パパがいないときに部屋《へや》にもぐりこみ、その本を読みふけった。

そして、手に入りやすい猛毒《もうどく》の植物《しょくぶつ》は、トリカブトだということがわかった。

青紫色《あおむらさきいろ》の帽子《ぼうし》のような花が房《ふさ》のようになっている写真《しゃしん》がのっている。頭にかぶるかぶとにその形がにているから、この名前になったようだ。

この花なら、森で何度《なんど》か見かけたことがある。毒《どく》があるのは根《ね》っこらしい。

「よし、森へさがしにいってみよう」

もし見つけられたら、どうするかなんて考えずに、ぼくは家族《かぞく》の目を盗《ぬす》んで家を出た。

目指《めざ》す森は、ママからきつくとめられているところだ。

「あの森には、ときどき、こわーい狼《おおかみ》が出ますからね。ひとりでは、ぜったい近づいちゃだめよ。狼《おおかみ》におそわれたら、丸ごと飲《の》みこまれてしまうのよ」

そんなママの脅《おど》しの言葉《ことば》も、いまのぼくにはまったく効果《こうか》がなかった。そう、どす黒いなにかに心をつかまれてしまっていたから。


森はうっそうとしていた。たしかにどこに狼《おおかみ》がひそんでいてもおかしくない。

「とにかく早くトリカブトを見つけて帰ろう」

ぼくは、自分に言い聞かせるように、ひとり言をつぶやきながら、さがし回った。

しかし、一時間ほど過《す》ぎても、それらしき植物《しょくぶつ》は見つからない。

のどがかわいたぼくは水筒《すいとう》をとり出し、大きな木の根元《ねもと》に腰《こし》をおろして飲《の》んだ。

そのとき、足元の草むらに青紫色《あおむらさきいろ》のものが見えた。

ぼくは思わず、さけんだ。

「あっ、トリカブト、やっと見つけたぞ!」

すると、それに答えるように木の裏側《うらがわ》から声がした。

「ぼうず、そのトリカブトをどうする気だ」

ゲボッ！

おどろいたぼくは、飲《の》みかけた水を吐《は》いてしまった。

声に続《つづ》いて、ぬうっと木のかげから現《あらわ》れたのは、狼《おおかみ》だった。

絵でしか見たことのなかった狼《おおかみ》。毛むくじゃらで、大きく裂《さ》けた口、そこから赤黒い舌《した》と黄ばんだ鋭《するど》い牙《きば》がのぞいている。

「おっと、そんなこわがるな。すぐに楽にしてやるからな」

ガクガクとぼくのひざがふるえはじめた。

「た、食べないで。ど、どうか、お願《ねが》いします」

狼《おおかみ》がニヤリとした。

「だめだな。せっかく、見つけたおいしそうな子やぎだぜ」

「ぼ、ぼくより、おいしそうで、もっと食べがいのある子やぎたちがいます」

恐怖《きょうふ》のあまり、ぼくはとんでもないことを口走っていた。――いや、とんでもないこ

とではなく、ぼくの本心なのかもしれない。

「なんだとっ、どこにいるっていうんだ！」

狼《おおかみ》がぎろりとぼくをにらむ。

「家です。兄《にい》さんや姉《ねえ》さんたちが……」

ゆっくりうなずきながら、狼《おおかみ》が言った。

「ほほう。自分の代《か》わりに兄姉《きょうだい》をさし出すとはおどろいた。もしかして、ぼうずがトリカブトをさがしてたのは、そいつらにうらみがあるってことか？」

「いえ、あっ、そ、そうです」

「なるほど。で、ぼうずの家ってのは、森を出たところの青い屋根《やね》のやつか？　だけど、あそこにゃ親のやぎもいるだろ。あいつらの蹴《け》りは、意外《いがい》に手ごわくてな」

「それなら……、あ、明日《あした》の昼間は、たぶん子やぎだけで留守番《るすばん》しています」

「それは、本当か？」

「は、はい。パパはいま仕事《しごと》で家を空けていて、ママは町へ買いものにいくって」

「いいのか、ぼうず。自分がしようとしてること、わかっているのか？」

「だって、いつも、いつも兄《にい》さんや姉《ねえ》さんたちにいじめられているから……」

「よし、それなら、ぼうずのおっかあが出かけたら、ドアの下のすきまから赤い紙を出しておけ。それを合図におれがいくから」

「でも、兄《にい》さんたち、ぼくにドアの鍵《かぎ》をあけさせないと思います。だからママが忘《わす》れものをしたふりをして、ドアをノックして」

「ほう、なかなか悪知恵《わるぢえ》がはたらくなあ。まさか、おれをだまして、ここから逃《に》げようとしていないだろうな」

ぼくは、はげしく首をふった。

狼《おおかみ》は大きくこっくりとうなずいた。

「わかった。今日《きょう》のところは、ぼうずを食べずにいてやろう。ただし、うそをついたら、ただじゃすまさないからな。ぼうずの家に火をつけて、全員丸焼《ぜんいんまるや》きにしちまうぞ」

森からいちもくさんに帰ったぼくの心臓《しんぞう》はバクバクだった。

それはずっとおさまらないままだ。おかげで夕ごはんはほとんどのどを通らなかった。ただ、いつものように兄《にい》さんたちに横《よこ》どりされたせいで、ママには気づかれずにすんだ。

もちろん、ベッドに入っても眠《ねむ》れなかった。

つぎの日の朝。午前十時、そのときがきた。

ママが、ぼくたちを一列《いちれつ》にならべ、言った。

「いい、前から話していたように、今日《きょう》、ママは町に買いものにいきます。帰りはたぶんパパと一緒《いっしょ》よ。だから、なかよくお留守番《るすばん》していてね。そのあいだ、ぜったい守《まも》らなくちゃいけないこと、わかるかしら？」

ママがぼくを指《ゆび》さした。

「う、うん。ママがもどってくるまで、だれがきてもドアの鍵《かぎ》はあけないこと」

「そのとおりよ。子どもたちだけのときをねらって、狼《おおかみ》がやってくるかもしれませんからね。それから、お留守番《るすばん》しているあいだに、今夜の野菜《やさい》カレーの用意《ようい》をしておいてちょうだい。いいわね」

ママは、そう言い残《のこ》して出かけていった。

ぼくたちは、ドアに鍵《かぎ》が閉《し》まっていることをたしかめると、キッチンにあつまった。

ニンジン、タマネギ、ジャガイモの皮《かわ》を手わけしてむくのだ。

「おい、タマネギは目が痛《いた》くなるから、こいつにむかせよう」

二番目の兄《にい》さんがぼくにタマネギをなげつける。

ゴツンッ！

ぼくのひたいに命中《めいちゅう》した。

「いたっ！」

ぼくが頭をおさえてしゃがみこむと、一番上の姉《ねえ》さんがニタリ。

「ほんとに運動神経《うんどうしんけい》のにぶい子。ちゃんと受《う》けとりなさいよ」

そして、全員《ぜんいん》がわらった。

みんな、知らないんだ。これから起《お》きる恐《おそ》ろしいことを。

ぼくは、そこから逃《に》げ出すように、子ども部屋《べや》に向《む》かった。

机《つくえ》の引き出しから、赤いおり紙をとり出すと、ドキドキがましてきた。

「あいつ、ほんとにまぬけだよな」

「わたしたちの弟とは思えないよね」

キッチンからは、ぼくへの悪口《わるぐち》が聞こえてくる。

ぼくは玄関《げんかん》のドアの前にひざまずくと、すきまにおり紙をすべりこませた。

これで、もう、あともどりはできない。

ぼくは、息《いき》があらくなっているのを気づかれないようにキッチンにもどると、タマネギを手にとった。

ドンドンドン！

（やつだ。待《ま》ちかまえていたんだな）

みんなでこわごわ、玄関《げんかん》のドアの前に出むく。

「ど、どちらさまですか」

一番上の兄《にい》さんが、うわずった声を出す。

「ママよ。忘《わす》れものをしたの。あけてちょうだい」

ママとはにてもにつかない、しわがれた低《ひく》い声がした。

みんなで顔を見合わせる。

こんどは一番上の姉《ねえ》さんが言った。

「ママなら、窓《まど》に手をかざして見せて」

ドアには小さな丸窓《まるまど》がついている。

「いいわよ」

窓《まど》から見える手は、黒くて毛むくじゃらだった。全員《ぜんいん》が息《いき》をのむ。

一番上の姉《ねえ》さんが首をふる。

「わたしたちのママは、もっと高い声だし、手はまっ白。だからドアはあけません！」

それだけ言うと、みんなかけ足でキッチンに引き返《かえ》した。

どうしよう。失敗《しっぱい》したら、家を燃《も》やされてしまう。

ぼくはいい方法《ほうほう》はないか、タマネギの皮《かわ》がなかなかむけないふりをして、あたりを見回した。

すると、流《なが》しの下の棚《たな》に、中身《なかみ》が残《のこ》り少なくなった小麦粉《こむぎこ》の袋《ふくろ》が目に入った。

「ちょっと、トイレ、いってくる。ついでにこれもからっぽみたいだから、すてるね」

小麦粉《こむぎこ》の袋《ふくろ》と、そばにあったメモ用の鉛筆《えんぴつ》をつかむとキッチンを出た。

「おもらし、するなよ」

「手、よく洗《あら》ってくるのよ。きたないから」

うしろからの声など気にせず、ぼくはトイレにかけこみ、袋《ふくろ》に走り書きした。

〈手に粉《こな》をつける〉〈もっと高い声で〉〈ぼくは大時計《おおどけい》の中〉

袋《ふくろ》はどうにか玄関《げんかん》のドアのすきまを通り抜《ぬ》けた。

そして、ぼくがキッチンで、ふたたびタマネギを手に持《も》ったとたん。

ドンドンドン！

「ママよ、あけて」

狼《おおかみ》も考えたんだ。声は高く、言葉《ことば》もみじかくすれば、ママらしく聞こえなくもない。

みんながあわてて、玄関《げんかん》にかけつける。

二番目の姉《ねえ》さんが聞く。

「ママなら、手を見せて」

丸窓《まるまど》からのぞいた手は、小麦粉《こむぎこ》まみれの白い手だった。

ぼく以外《いがい》のみんなが声をあげた。

「ママ、お帰り！」

三番目の兄《にい》さんが、かけてあった鍵《かぎ》をはずそうとする。ぼくは忍《しの》び足でその場をさり、ひと足早く居間《いま》の大時計《おおどけい》の中にかくれた。

時計《とけい》の振《ふ》り子が頭に当たらないように、体を丸めると、ぼくは目をとじ、手で耳をふさいだ。これから起《お》きる恐《おそ》ろしいことを、耳に入れないために。

それでも、床《ゆか》をかけ回る足音や悲鳴《ひめい》、狼《おおかみ》のうなり声がかすかに聞こえてくる。

「グワオーッ」

「キャアーッ」

「ヒィーッ」

「や、やめてー」

「たすけてー」

「いやだよー」

「ママー！　パパー！」

それらの声をなんとかかき消《け》そうと、ぼくは心の中でさけんだ。

（ぼくをひどい目にあわせたからいけないんだ！）

（いじめられたぼくの気持《きも》ちなんか、だれも考えてくれなかったじゃないか）

（鍵《かぎ》をあけたのはぼくじゃない。だまされたみんながわるいんだ！）


さわぎが静《しず》まるまで、どれくらいたっただろうか。

カチャリ、ギギーッ。

大時計《おおどけい》の扉《とびら》をひらく音がした。

もう狼《おおかみ》は退散《たいさん》し、ママが帰ってきたのかもしれない。

「ママ？」

目を閉《と》じたまま聞いたぼくの期待《きたい》は裏切《うらぎ》られた。

「残念《ざんねん》だな。ママじゃないぞ、ぼうず」

薄《うす》く目をひらいたぼくに、舌《した》なめずりをする狼《おおかみ》の大きな口が迫《せま》る。

目を下のほうにやると、かがんだ狼《おおかみ》のおなかのあたりが、大きくふくらんでいる。

「ヒッ」

ぼくが引きつった声をあげて目をそらすと、狼《おおかみ》が言った。

「悪《わる》いがぼうずもみんなの仲間《なかま》入りだ」

ぼくの目から涙《なみだ》があふれ出した。

「そ、そんなの、ひどいようっ！」

「グヒヒ、おまえだけ食べ残《のこ》すなんてもったいないだろう」
グワオーッ！
狼《おおかみ》の口がぼくの頭にかぶさった。
ウグウググ……
ぼくの体が狼《おおかみ》に飲《の》みこまれていく。まわりがぬめぬめしているのはわかるけれど、
真《ま》っ暗《くら》でなにも見えない。
すると、ぐにゃり、だれかの背中《せなか》の上に乗《の》っかったみたいだ。
「だれ、だれなの」
弱《よわ》っているのか「うぅ……」といううめき声《ごえ》しか返《かえ》ってこない。
このまま、狼《おおかみ》のおなかで、みんなとあの世《よ》いきなんていやだ！
真《ま》っ暗闇《くらやみ》の中で、ぼくは必死《ひっし》でポケットをさぐった。
あった！
もしやと思って、大時計《おおどけい》にかくれる前にポケットに入れておいたのだ。

パパの部屋《へや》で見つけた『毒《どく》のある植物《しょくぶつ》』には、この野菜《やさい》についてこう書いてあった。

〈犬や猫《ねこ》は、タマネギを食べると重《おも》い中毒《ちゅうどく》にかかり、命《いのち》にかかわる〉

狼《おおかみ》は犬の仲間《なかま》だ。タマネギ一個《いっこ》で十分、効果《こうか》があるという。

ぼくはポケットに入っていたタマネギの皮《かわ》をむいた。そして、力をこめて、中身《なかみ》をばらばらにしはじめた。

狼《おおかみ》は、食後のひと休みなのか、じっとしている。

少しして、あたりがタマネギの匂《にお》いでいっぱいになると、狼《おおかみ》のおなか全体《ぜんたい》がふるえだした。

グエッ、グエッ、グエッ。

どうやら毒《どく》が効《き》きはじめ、狼《おおかみ》はものすごい吐《は》き気《け》におそわれているみたいだ。

グワーッ！　ゲボゲボゲボッ、バチャバチャバチャッ。

ぼくらは、いっきに狼《おおかみ》の口から、床《ゆか》になげ出された。

するとそのショックで、みんな息《いき》をふき返《かえ》した。

「……たすかった……！」

ガチャリ！

「わあっ、これはいったい！」

パパとママの声だ。

それを聞いたとたん、ぼくは気絶《きぜつ》した。


いつのまにか、ぼくはママに抱《だ》かれてシャワーをあびていた。

「ママ、狼《おおかみ》は？」

「タマネギ中毒《ちゅうどく》でぐったりしていたから、縄《なわ》でぐるぐる巻《ま》きにして、パパが川のほうへ引きずっていったわ」

浴室《よくしつ》から出ると、みんなが拍手《はくしゅ》してくれた。

「おまえのおかげでたすかったよ」

「よく、タマネギのこと知ってたね」

兄《にい》さんや姉《ねえ》さんが、かわるがわるぼくの頭をなでる。

本当はぼくが狼《おおかみ》を手引きしたというのに……。

これで、ぼくへのいじめはなくなるだろうか。

もしふたたびおなじことが起《お》きたら、そのときは、また森へいかなくちゃな。

一般社団法人　日本児童文芸家協会　編
（山本省三、すとうあさえ、宮下恵茉）

伊藤クミコ（いとう・くみこ）

千葉県出身。おもな著書に「生活向上委員会!」シリーズ、「兄が3人できまして」シリーズ、「恋愛禁止!?」シリーズ（すべて講談社青い鳥文庫）、「ご相談はお決まりですか？～学園内で執事&メイド喫茶はじめました」（PHPジュニアノベル）など。

緑川聖司（みどりかわ・せいじ）

大阪府出身。『晴れた日は図書館へいこう』でデビュー。著書に「本の怪談」シリーズ（ポプラポケット文庫）、『絶対に見ぬけない!!』（集英社みらい文庫）、『炎炎ノ消防隊（ノベライズ）』（講談社青い鳥文庫）、「七不思議神社」シリーズ（あかね書房）など。

花里真希（はなざと・まき）

愛知県出身カナダ在住。うお座。『しりたがりのおつきさま』で第7回日本新薬こども文学賞最優秀賞受賞。『あおいの世界』で第60回講談社児童文学新人賞佳作受賞。著書に『スウィートホーム　わたしのおうち』『ハーベスト』『るりのワンピース』『ふしぎなつうがくろ』（いずれも講談社）、共著に『君色パレットII　きらいなあの人』（岩崎書店）がある。コンビニのシュークリームが好き。

嘉瀬陽介（かせ・ようすけ）

神奈川県出身。「謎解きホームルーム」シリーズ（新星出版社）に「犯人へのワナ」「兄貴の行方」「遅刻の罰」収録。『1話10分 感動文庫』（新星出版社）に「突然の雨にご用心」収録。「1話ごとに近づく恐怖　百物語」シリーズ（文溪堂）に「ちょっとした反抗の結末」「間の抜けた発明」収録。そのほか雑誌「児童文芸」などに作品収録。

宮下恵茉（みやした・えま）

大阪府出身京都市在住。第15回小川未明文学賞大賞受賞作『ジジ　きみと歩いた』（Gakken）でデビュー。同作で第37回児童文芸新人賞受賞。著作に「龍神王子!」（講談社青い鳥文庫）、「ひみつの魔女フレンズ」「となりの魔女フレンズ」シリーズ（Gakken）、『9時半までのシンデレラ』（講談社）、『トモダチブルー』（集英社みらい文庫）など。

すず きみえ

福井県出身。日本児童文芸家協会所属サークル「みらくるぺん」会員。著書に『そのときがくるくる』『まねをしました』（いずれも文研出版）がある。おもに幼年童話を書いており、エンタメは今回が初挑戦。趣味はお城めぐり。

七ツ樹七香（ななつき・ななか）

熊本県出身。「ピイの飛んだ空」で第30回日本動物児童文学賞優秀賞、「うそ時計のうた」で第36回新美南吉童話賞オマージュ部門佳作など短編受賞多数。共著に『1話10分　謎解きホームルーム2』『恐怖文庫』『感動文庫』（いずれも新星出版社）、児童書から一般文芸まで幅広く手掛ける。動物が好き。犬と小鳥と暮らしている。

嘉成晴香（かなり・はるか）

和歌山県出身。朝日学生新聞社児童文学賞を受賞した『星空点呼　折りたたみ傘を探して』（朝日学生新聞社）を刊行し、第43回児童文芸新人賞を受賞。『人魚の夏』（あかね書房）で第69回産経児童出版文化賞フジテレビ賞、第8回児童ペン賞少年小説賞受賞。他に『迷子のトウモロコシ』（金の星社）など。趣味は編み物と散歩。

山本省三（やまもと・しょうぞう）

神奈川県出身。日本児童文芸家協会理事長。「動物ふしぎ発見」シリーズ（くもん出版）で第34回日本児童文芸家協会賞特別賞。『やさしく読めるビジュアル伝記　坂本龍馬』（学研プラス）、『もしも深海でくらしたら』（WAVE出版）など。

カバー・本文イラスト
淵゛（X/Twitter　@Qooo003）

カバー・本文デザイン
出待晃恵（POCKET）

1話10分　裏切文庫

2025年4月5日　初版発行

編　者　一般社団法人 日本児童文芸家協会
発行者　富　永　靖　弘
印刷所　株式会社新藤慶昌堂

発行所　東京都台東区台東2丁目24　株式会社 **新星出版社**
〒110-0016　☎03(3831)0743

ISBN978-4-405-07398-2

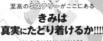

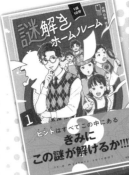

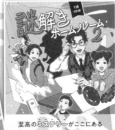

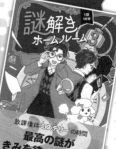

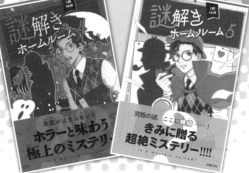

1話10分で解決! 9作品掲載!
珠玉のアンソロジー
1話10分
謎解きホームルームシリーズ
一般社団法人日本児童文芸家協会【編】
きみにこの謎が解けるか!!!!
ヒントはすべて本の中に!

あなたが読みたいと思う本が、きっと見つかります。
恐怖文庫
感動文庫
恋愛文庫
秘密文庫